La fuite en France

Barbara Cartland est une romancière anglaise dont la réputation n'est plus à faire.

Ses romans variés et passionnants mêlent avec bonheur aventures et amour.

Vous retrouverez tous les titres disponibles dans le catalogue que vous remettra gratuitement votre libraire.

Barbara Cartland

La fuite en France

traduit de l'anglais
par Nicole Ménage

Éditions J'ai lu

Ce roman a paru sous le titre original :

FREE FROM FEAR

NOTE DE L'AUTEUR

Dès le mois de mai 1803, Bonaparte concrétise son projet d'invasion de l'Angleterre. De l'Escaut aux côtes de Gascogne, tous les marins, responsables de la construction navale et officiers des ports, reçoivent des ordres secrets et formels.

En même temps, le Premier Consul s'efforce de conserver des relations amicales avec le gouvernement anglais, par l'intermédiaire de leur ambassadeur en France, lord Whitworth.

Pourtant, ce dernier s'apprête à regagner son pays. Il découvre alors que les permis nécessaires pour l'obtention de chevaux de poste ne lui parviendront pas en temps voulu. Le 11 mai, il réussit néanmoins à prendre la route de Calais, et le 16, l'ambassadeur français à Londres est rappelé. Deux jours plus tard, les Anglais déclarent la guerre et capturent deux bateaux français.

Furieux, Bonaparte ordonne immédiatement l'arrestation de tous les voyageurs britanniques séjournant en France. Au mépris de toute civilité, dix mille interpellations s'ensuivent.

1803

1

Yolanda essayait de surmonter l'angoisse qui la rongeait en s'occupant à des tâches ménagères. Elle rafraîchissait les bouquets du salon, quand elle crut entendre Peter dans l'entrée.

« Déjà ? » s'étonna-t-elle. Il était à peine huit heures, elle ne l'attendait pas si tôt...

Levée dès l'aube afin de l'aider à s'habiller, elle ne cessait depuis de prier, de prier désespérément pour qu'il ne fût pas blessé, ou pour que, par miracle, le duel fût annulé.

— Yolanda ? Où es-tu ?

Mais oui, c'était bien Peter qui l'appelait ! S'empressant de remettre le vase à sa place, elle s'élança dans le vestibule.

— Ici, Peter.

Elle s'apprêtait à lui demander ce qui s'était passé quand les mots moururent sur ses lèvres. Jamais elle ne l'avait vu aussi pâle.

Les cheveux ébouriffés, le jabot chiffonné et le visage défait, il avait l'air hagard. Sir Peter

Tiverton, ce jeune dandy fringant et d'une élégance toujours irréprochable, était méconnaissable.

— Qu'est-il arrivé ? s'enquit Yolanda, dans un murmure.

— Je... je l'ai tué ! J'ai tué le marquis !

— Oh, non... Comment as-tu pu faire une chose pareille ? Et... pourquoi ?

— Dieu sait pourtant que je n'en avais pas l'intention, répondit Peter. Je voulais seulement l'effleurer d'une balle mais... il était tellement ivre qu'il a vacillé au moment où il tirait. Il m'a manqué, et moi, hélas, je l'ai atteint en pleine poitrine.

— Oh, Peter ! C'est terrible ! Qu'allons-nous faire ?

— Tu sais très bien que je n'ai plus le choix.

Les yeux de Yolanda s'agrandirent et les mots s'étranglèrent dans sa gorge. A quoi bon lui poser une question dont elle connaissait déjà la réponse !

— Si je ne veux pas être conduit devant les magistrats, je dois quitter le pays immédiatement, assena-t-il.

— Mais il s'agissait d'une affaire d'honneur !

— Tu crois que cela compte quand je viens de tuer quelqu'un d'aussi important que Ramsbury ? Et pour tout arranger, son témoin, lord Basil Blake, a vociféré qu'il veillerait personnellement à ce que je sois pendu pour le crime que je venais de commettre ! Il estime que le marquis n'était pas en état de se défendre.

Peter eut un geste d'impuissance.

— Tu sais combien Ramsbury était influent, poursuivit-il. Et qui me croira, moi, Tiverton, quand je clamerai qu'il s'agissait d'un accident ?

— Mais, Peter... Comment t'y prendras-tu pour passer à l'étranger ? Et où iras-tu ?

— En France. Yolanda, de combien d'argent disposons-nous à la maison ?

— Très peu, tu le sais bien. Nous avons surtout une montagne de dettes.

— Rassemble tout ce que tu peux.

— Peter ! Tu n'as pas l'intention de me laisser seule ici ! Et puis, que leur dirai-je quand ils viendront, quand ils me questionneront ?

Peter demeura silencieux un bref instant. Il regardait soudain sa sœur comme s'il la voyait pour la première fois. Elle était ravissante. Ses cheveux sombres aux reflets auburn encadraient un fin visage à l'ovale parfait qu'illuminait le bleu de ses yeux immenses. Ce n'était pas le bleu clair et limpide des océans lointains, mais celui, sombre et impétueux, de la mer sous l'orage.

De son père, un Anglais de pure souche, elle avait hérité ce teint de nacre qui contrastait avec une opulente chevelure brune, apport français de sa mère.

— Tu as raison, dit-il enfin, comme s'il se parlait à lui-même. Tu dois m'accompagner. Peut-être ne resterons-nous pas longtemps absents, simplement jusqu'à la fin des poursuites ?

Dans l'entrée, la comtoise sonna la demi-heure.

— Dépêche-toi, Yolanda ! Je demanderai aux Gibson de fermer la maison. Tu veux bien préparer quelques-uns de nos vêtements ?

— Bien sûr, mais... es-tu vraiment certain de devoir quitter le pays ?

— C'est soit la France, soit la prison de Newgate, répliqua-t-il.

Comme galvanisée par la sinistre évocation, Yolanda s'élança dans l'escalier, tandis que Peter disparaissait à l'arrière du vieux manoir qu'ils avaient hérité de leur père, trois ans auparavant.

Les Tiverton y vivaient depuis quatre cents ans mais graduellement, et surtout depuis la fin du siècle précédent, la fortune familiale avait décliné. Toutes les fermes avaient été vendues et il ne subsistait presque rien de leurs biens, hormis l'habitation principale sur les murs de laquelle s'alignaient les portraits des ancêtres. Yolanda évitait d'ailleurs de croiser leurs regards, qu'elle ne pouvait s'empêcher de trouver réprobateurs...

Pourtant, elle aimait cette demeure même si elle n'avait pas les moyens de l'entretenir comme elle l'aurait souhaité. Tandis qu'elle se hâtait de sortir les malles des armoires, elle se sentit envahie par l'angoisse et la mélancolie, à l'idée de quitter son univers familier.

Certes, Peter serait là pour la protéger et prendre soin d'elle, mais elle n'ignorait pas que, de son côté, elle devrait veiller sur lui. Il agissait trop souvent de façon impulsive et irresponsable, même si au fond, il savait faire preuve de bonté et compatir au malheur des autres. En tout cas, une chose était sûre : jamais il n'aurait volontairement blessé ou tué quelqu'un.

Et le marquis de Ramsbury était peut-être l'un des grands noms de la haute société, l'homme le plus respecté à la Chambre des lords, il ne se comportait pas moins comme un coureur de jupons et un ivrogne invétéré. Le roi et la reine n'appréciaient d'ailleurs guère l'amitié qu'il portait au prince de Galles sur lequel, selon eux, il exerçait une influence néfaste. Mais le marquis étant très riche et très puissant, personne n'osait lui fermer sa porte.

Yolanda ne connaissait pas la nature du différend qui avait amené Sa Seigneurie à provoquer son frère en duel, mais elle supposait qu'il s'agissait d'une affaire de femme. Une femme qui s'était sans doute montrée plus sensible à la prestance et au charme de Peter qu'à celui du marquis. En effet, marqué par les abus et la vie dissolue qu'il menait, ce dernier paraissait beaucoup plus vieux que son âge.

Quoi qu'il en soit, le duel venait de se terminer tragiquement et les deux jeunes gens se voyaient contraints de fuir à l'étranger en laissant derrière eux leur maison et leurs amis. De son côté, Yolanda n'en comptait pas beaucoup, mais Peter était très entouré. Elle se demandait d'ailleurs pourquoi le témoin de son frère, entre autres, n'était pas revenu avec lui. L'amitié s'avérait si souvent décevante...

Remettant ces interrogations à plus tard, elle

s'empressa de rassembler le peu de vêtements qu'elle possédait avant de gagner la chambre de Peter, autrefois celle de leur père. Dans une malle, elle rangea ses jaquettes de bonne confection, ses culottes de daim, ses bottes à la Souvarov et de nombreux jabots de mousseline.

Dans un tiroir, elle découvrit quelques souverains oubliés et leur situation financière lui revint soudain à l'esprit. Il allait leur falloir beaucoup d'argent s'ils voulaient vivre en France, se loger, se nourrir et parer à toutes les autres dépenses. Mais où en trouver ?

Il y avait bien les quelques bijoux ayant appartenu à sa mère, qu'elle conservait pour des raisons sentimentales... N'écoutant que son cœur, elle se dit qu'elle en tirerait peut-être une somme avantageuse. Sa mère l'aurait certes approuvée de vouloir aider Peter, son fils adoré. Il y avait aussi la montre en or de son père, un bijou de famille anciennement offert au premier baronnet par la reine Anne, et qui se transmettait depuis de père en fils.

Se voir obligée de les vendre lui brisait le cœur. En même temps, s'ils avaient faim, à quoi leur servirait une montre en or, toute historique qu'elle fût ?

Après avoir terminé les bagages, elle descendit au coffre-fort que Peter venait d'ouvrir.

— Où est passée la broche en diamants de maman ? demanda-t-il.

— Nous l'avons vendue il y a un an, répondit Yolanda. Tu ne t'en souviens pas ? Tu voulais acheter un cheval et tu devais aussi payer une avance sur le loyer de ta chambre, à Londres.

— J'avais oublié. Sans doute avons-nous des choses de valeur ?

— J'y ai déjà pensé. Il me reste six guinées sur l'argent du ménage, que tu m'as donné le mois dernier. Mais, en partant, nous pourrons peut-être nous arrêter au village ? M. Brewster acceptera sans doute de nous avancer quelques espèces en échange d'un chèque.

— Oui, bien sûr, fit-il. J'espère seulement que mon compte n'est pas débiteur !

— Oh, Peter ! Tu as bien un peu d'argent à la banque ?

— Pas grand-chose... Mais j'ai eu la présence d'esprit d'en emprunter à mon témoin, avant de quitter Londres.

— Combien ?

— Avec ce qu'il me restait, cela se monte à environ... cinquante livres.

— Voilà qui nous laisse un peu de marge. Toutefois nous ne pourrons survivre en France bien longtemps...

Elle essaya d'accrocher le regard de son frère mais il se déroba.

— Ecoute, Yolanda, nous allons à Paris et nous essaierons de retrouver la famille de maman.

— Elle nous a toujours dit que la plupart de ses proches avaient été guillotinés, durant la Révolution, lui rappela-t-elle.

— Oui, je sais, mais les Latour formaient une grande famille. Et puis, Bonaparte semble vouloir réhabiliter une certaine noblesse. Ils seront peut-être rentrés en grâce ?

— Et si Bonaparte n'était pas accepté ?

— Peu importe, l'essentiel, c'est que nous, nous le soyons ! rétorqua Peter avec un sourire inattendu. Allons, ce ne sera pas si terrible, tu verras. Et pour tout t'avouer, j'ai toujours rêvé de visiter Paris. Les Françaises sont célèbres pour leur beauté, je saurai ainsi si elles sont à la hauteur de leur réputation !

Yolanda soupira imperceptiblement.

Elle reconnaissait bien là son frère ! Ils n'étaient pas encore partis que déjà il oubliait les graves circonstances qui les contraignaient à quitter leur maison pour penser à la façon dont il allait se divertir... Sachant d'avance que le sermonner s'avérerait inutile, elle prit dans le coffre tout ce qui avait une quelconque valeur et le rangea dans un sac de voyage en cuir qui lui venait de sa mère.

— Il faut qu'on laisse un peu d'argent aux Gibson, dit-elle.

Peter acquiesça mais elle savait que ce détail ne l'avait pas effleuré.

— Et qu'en est-il des créances ?

— Elles attendront mon retour. J'ai prévenu Gibson que j'écrirai à M. Claymore. Il s'est toujours très bien occupé de nos biens, il veillera au paiement des factures urgentes.

Yolanda faillit lui demander de quelle façon mais elle se tut, préférant ne pas l'irriter. Soucieuse, elle l'entendit à peine lorsqu'il reprit la parole :

— Le petit déjeuner devrait être prêt. Dès que Gibson aura avancé le cabriolet devant la porte, nous partirons.

— Crois-tu que lord Basil ait déjà envoyé quelqu'un à nos trousses ? s'inquiéta Yolanda.

— Il ira d'abord à ma chambre. Bien sûr, une fois à White, il obtiendra facilement mon adresse ici, c'est pourquoi je n'ai pas l'intention de m'attarder et de me faire arrêter.

— Non, bien sûr que non ! fit Yolanda, terrorisée.

Elle gravit l'escalier en courant et alla prendre ses vêtements de voyage. Il faisait une chaleur inhabituelle, en ce mois d'avril, mais la température risquait de fraîchir, en mer. Mieux valait se montrer prévoyante. Elle se munit donc d'une coiffe et d'une cape garnie de fourrure ayant appartenu à sa mère, une tenue beaucoup plus élégante que tout ce que Yolanda avait jamais possédé. Lady Tiverton aimait la toilette. Sur elle, n'importe quel chiffon avait de l'allure.

Une fois prête, Yolanda parcourut sa chambre d'un regard nostalgique. C'était là qu'elle dormait depuis toujours, et elle appréciait cette pièce, en dépit de ses tapis usés jusqu'à la corde et de ses rideaux défraîchis. En la quittant, elle avait l'impression d'y laisser une part d'elle-même.

Elle leva les yeux vers le portrait de sa mère suspendu au-dessus de la cheminée : une œuvre réussie, où l'artiste avait su rendre le charme irrésistible et fascinant de la comtesse Marie de Latour.

Yolanda lui ressemblait beaucoup, même si, contrairement à sa mère, elle avait la peau blanche comme l'albâtre. En fait, cette double ascendance anglaise et française lui conférait un charme indéfinissable, mystérieux. Un peu comme si elle n'avait gardé de l'une et de l'autre que le meilleur, tant physiquement que moralement.

Alors qu'elle contemplait le visage, sur la toile, elle se sentit un instant redevenir une petite fille, et elle murmura sur un ton implorant :

— Veille sur nous, maman. Aide-nous, car je dois avouer que, même si Peter est là, j'ai... très peur.

Elle hésita un instant, comme si elle espérait une réponse, mais brusquement, les larmes brouillèrent sa vue et elle se détourna pour se diriger vers la porte.

Elle tomba sur Gibson qui venait prendre sa malle.

— C'est point bon qu'vous partiez comme ça, mademoiselle Yolanda, dit-il sur un ton bougon, mais avec toute l'affection et la familiarité d'un vieux serviteur.

— Je sais, Gibson, mais je ne peux laisser Sir Peter s'en aller seul. Tu sais bien qu'il se mettrait dans l'embarras, sans moi.

— Il s'y mettra, même avec vous, mademoiselle !

Il chargea la malle sur ses épaules avant de s'engager dans l'escalier.

Quelques minutes plus tard, ils s'éloignaient sur le chemin cahoteux, laissant Mme Gibson sangloter dans son tablier.

Peter ne se retourna pas pour jeter un dernier regard sur le manoir, mais Yolanda remarqua le léger tremblement de son menton, et elle comprit qu'elle n'était pas la seule à être totalement bouleversée.

Durant tout le trajet jusqu'à White, ils n'échangèrent pas un mot. Quand la voiture s'arrêta devant la boutique du village, Peter y pénétra pour proposer son chèque à M. Brewster. Il lui expliqua que, n'ayant pas prévu ce départ, il n'avait pas le temps de passer à la banque, à Londres.

— Je ne peux pas vous donner grand-chose, Sir Peter, dit le boutiquier.

— Eh bien, tant pis. Donnez-moi ce que vous pouvez, je suis très pressé.

— Pressé, pressé ! Depuis que vous êtes tout petit, vous êtes pressé ! fit l'homme en pouffant. Pas l' temps pour ci, pas l' temps pour ça... Comme disait toujours ma vieille mère : « Rien ne sert de courir, il faut partir à point ! »

Il éclata de rire, et Peter fit mine de partager sa gaieté. Puis M. Brewster se mit à fourrager dans un tiroir.

— Ah ! s'écria-t-il, j'avais oublié ! Vous avez de la chance, Sir Peter. Il me reste près de onze livres ici. Je ne croyais pas en trouver autant !

— Je vous suis très reconnaissant, monsieur Brewster, fit le jeune homme en rédigeant son chèque.

— Quand serez-vous de retour ?

— Je ne peux pas encore vous le dire, répondit Peter en se dirigeant vers la porte. Mais bien entendu, je ne manquerai pas de vous le faire savoir.

— A votre disposition, comme d'habitude. Et conduisez prudemment ! Vous ne voulez pas risquer un accident, n'est-ce pas ?

— Bien sûr que non !

Peter se hâta vers le cabriolet où Yolanda l'attendait en tenant les rênes.

— Combien ? s'enquit-elle, dès qu'ils reprirent la route.

— Près de onze livres.

— Pas plus ?

— C'est tout ce qu'il avait.

Un long silence s'installa, finalement rompu par Peter.

— Nous obtiendrons bien quelque chose du cabriolet et des chevaux, à Douvres.

— Tu veux... vendre les chevaux ? balbutia Yolanda, atterrée.

— Je ne vois pas comment je pourrais payer une écurie quand nous serons à l'étranger.

— Mais Peter, ils nous sont tellement familiers. Comment peux-tu envisager de les céder à des étrangers ?

Elle avançait ces propos tout en ayant conscience qu'ils n'appelaient pas de réponse. De toute évidence, ils n'avaient pas les moyens de garder les chevaux, même si se séparer d'eux lui apparaissait comme une trahison envers ces bêtes qu'ils avaient aimées et qui le leur rendaient bien. Plus ils s'éloignaient, plus il lui devenait difficile de quitter l'Angleterre. Comment trouver en France, de quoi compenser la perte de son univers, le seul qu'elle connût et qui lui fût cher ?

Dans le journal, elle avait lu que l'armistice, signé l'année précédente, avait modifié l'attitude des Français envers leurs ennemis héréditaires, les Anglais. « Les voyageurs sont agréablement impressionnés », expliquait l'article du *Times*. Les dessinateurs ne représentaient plus Bonaparte, le Premier Consul, comme un Scaramouche mal rasé issu d'un taudis corse, pillant, incendiant et semant la mort sur son passage. On le dépeignait maintenant comme le plus grand homme d'Europe, passant ses troupes en revue avec les pompes et les splendeurs de la royauté, celui à qui toutes les nations du monde rendaient hommage.

D'après le rapport d'un visiteur à Paris, l'homme précédemment décrit comme un monstre montait aujourd'hui un cheval qui avait appartenu au dernier roi de France ; les plus brillants généraux le suivaient et les plus belles femmes de tous les pays l'admiraient.

Yolanda trouvait cette brusque volte-face étrange, mais elle se dit qu'après tout la paix était rétablie et cela seul importait. Le *Times* lui apprit aussi que, tous les dimanches, Bonaparte recevait une bénédiction à la chapelle des Tuileries.

Nous serons en sûreté en France, j'en suis certaine songeait la jeune fille.

Elle se rappelait avec une certaine perplexité combien sa mère avait déploré et haï la Révolution française, puis Napoléon Bonaparte, qui avait combattu les Anglais.

« Il n'est qu'un parvenu, avait fermement déclaré lady Tiverton, jamais l'aristocratie ne l'acceptera. »

Contrairement à ses prévisions, les Français semblaient aujourd'hui apprécier un homme qui leur apportait la victoire plutôt que la défaite et le chaos...

La route était longue, jusqu'à Douvres, mais Peter conduisait la voiture avec dextérité. Ils arrivèrent à destination peu après midi. Il laissa Yolanda au King's Head avec leurs bagages et disparut sans lui dire où il comptait se rendre. Elle savait bien qu'il allait vendre le cabriolet et les chevaux, aussi s'efforça-t-elle de n'y point penser, tandis que les larmes lui montaient aux yeux.

Prenant son mal en patience, la jeune fille s'assit et observa les passagers qui s'apprêtaient à embarquer pour traverser la Manche. Elle les trouvait peu engageants. Peter lui avait bien proposé de s'installer dans un salon particulier mais elle avait refusé.

Durant le trajet, elle avait eu tout le temps de réfléchir : ils devraient réduire les dépenses, s'ils voulaient économiser leurs maigres ressources. En outre, elle se demandait si la vente des bijoux de leur mère leur rapporterait beaucoup.

Certes, elle ignorait si le gîte et le couvert

étaient plus onéreux en France, mais elle se doutait bien que l'on faisait payer plus cher aux étrangers. Des étrangers ?... Elle se souvint brusquement que Peter et elle ne le seraient pas vraiment.

A moitié Français, ils pratiquaient la langue de leur mère aussi couramment que l'anglais. Comme elle se regardait dans les grands miroirs de l'hôtel, Yolanda prit alors conscience qu'elle avait plutôt le type français. Elle songea aussitôt qu'il leur serait sans doute plus aisé de voyager en feignant d'être des gens du pays. En outre, dans de nombreuses régions de France, les Anglais passaient toujours pour des ennemis...

Cette idée lui parut bonne et quand Peter la rejoignit, elle attendit qu'il l'informe des résultats de la vente, avant de lui en faire part.

— Décevant, déclara-t-il sans ambages. J'ai obtenu ce que j'escomptais du cabriolet, en revanche les chevaux m'ont rapporté peu de chose.

— J'espère qu'ils sont allés à un homme bienveillant ! s'écria Yolanda dans un sanglot. Et qu'ils ne seront pas attelés à l'une de ces diligences toujours surchargées...

— L'homme semblait plutôt brave, objecta Peter, rassurant.

Elle ne fut pas tranquillisée pour autant et très vite, parce qu'elle ne se sentait pas la force de s'appesantir sur le sujet, elle lui exposa son idée.

— Moi ? Me faire passer pour un Français ?

s'exclama-t-il vivement. Ah, ça non ! Que Dieu me damne ! Et puis, j'ai toujours estimé qu'un titre constituait un atout à l'étranger, et surtout dans un pays républicain, où l'affectation règne plus que partout ailleurs !

Devant une telle véhémence, Yolanda capitula sans chercher à discuter.

— Très bien, mon cher frère. Nous agirons comme tu l'entends. Je pensais simplement que cette solution nous aurait permis d'épargner un peu d'argent.

— J'ai ce qu'il faut dans la poche pour le moment.

— N'oublie pas que notre séjour risque d'être long, glissa-t-elle.

Elle tenait tellement à éviter toute dépense inutile que jamais elle ne l'aurait laissé prendre une cabine pour elle. Le prix pour le passage n'était pas excessif : une demi-guinée pour les hommes, cinq shillings pour un domestique.

— Nous pourrions dire que je suis ta femme de chambre, plaisanta-t-elle. Ou bien toi, mon valet.

— J'ai déjà pris nos billets. Il y a un bateau qui part dans une heure. Autant monter tout de suite à bord et nous trouver une place confortable.

— Combien de temps dure la traversée ?

— C'est la première chose que j'ai demandée. D'après l'homme, avec un vent qui porte, on peut arriver à Calais en trois heures.

— Et si le vent n'est pas bon ?

— Dans ce cas, le voyage risque de durer cinq ou six heures. As-tu le pied marin ?

— Je n'en ai pas la moindre idée. Tu sais bien que je ne suis jamais allée en mer.

— J'ai bien peur, quant à moi, de n'être qu'un marin d'eau douce, avoua Peter. De toute façon, nous ne tarderons pas à être fixés.

En dépit des protestations de la jeune fille, il insista pour acheter une bouteille de vin, afin de se donner de la force, c'est du moins ce qu'il prétendit. Il exigea même qu'elle en boive un verre, elle aussi.

Lorsqu'ils montèrent à bord, la mer moutonnait déjà et le vent sifflait dans les voiles.

Le bateau semblait trop petit pour accueillir la foule qui attendait le moment d'embarquer. Peter trouva un siège confortable pour sa sœur et, après s'être assuré qu'elle était bien installée, il remonta sur le pont afin d'assister au départ.

Le bateau se laissa d'abord porter par la marée, puis la houle grossit sensiblement, avant même qu'il eût atteint la haute mer. Yolanda comprit très vite qu'ils devraient affronter le mauvais temps.

Bientôt, tout le monde fut malade, autour d'elle, mais en gardant les yeux clos et en s'efforçant de penser à autre chose, elle parvint à éviter ce désagrément. Ce fut ce que l'on peut appeler une traversée difficile, cinq heures, qui parurent à tous interminables.

La jeune fille ne revit pas son frère avant l'arrivée au port de Calais. Elle pensait qu'il était resté sur le pont pour fuir l'odeur insoutenable qui régnait dans le salon mais dès qu'elle l'aperçut, elle comprit qu'il était malade. Le visage blême, les vêtements en désordre, il ne se sentait même plus la force de parler.

Elle dut elle-même trouver un porteur et lui confier leurs bagages. Elle n'avait aucun mal à se faire comprendre et ne rencontra donc aucune difficulté. Comme Peter n'était pas en état de prendre la situation en main, elle décida de continuer dans cette langue pour s'adresser au douanier, à qui elle dit être française.

— Vous rentrez chez vous, mademoiselle ? s'enquit aimablement l'agent, avec une expression admirative à l'égard de la jeune fille.

— Absolument, monsieur, répondit-elle. Et nous en sommes fort heureux.

Le douanier remarqua alors seulement la présence de Peter. Il se tenait debout, derrière Yolanda, et semblait sur le point d'être malade à nouveau.

— Pardon, madame ! rectifia l'employé. Je n'avais pas vu que vous étiez mariée. Votre mari est français, lui aussi, je suppose !

— Oui, oui, monsieur, fit-elle gaiement, mais il n'aime pas beaucoup la Manche !

— Moi non plus ! Pourtant un jour, nous la traverserons, souvenez-vous de ce que je vous dis !

Il évoquait sans aucun doute le jour où les Français envahiraient l'Angleterre... Yolanda se raidit mais elle parvint à sourire et d'une manière si enjôleuse qu'il la laissa passer sans se montrer plus curieux, alors que les autres passagers durent ouvrir leurs bagages. On fouilla même les fonds de poches et les sacs à main !

Leur porteur leur indiqua l'hôtel d'Angleterre comme le plus confortable de Calais. Yolanda allait répliquer qu'ils préféraient un endroit moins coûteux lorsqu'elle se ravisa. Peter semblait prêt à s'effondrer et elle décida que pour une nuit, ils pouvaient se montrer un peu déraisonnables.

Elle constata sans surprise qu'ils n'étaient pas nombreux à s'engager dans la même direction. Quand ils atteignirent l'hôtel, ils découvrirent qu'une foule élégante s'y pressait déjà.

La jeune fille demanda deux chambres contiguës et dissimula son soulagement quand on lui répondit que les meilleures se trouvaient déjà prises. Il en restait deux, moins chères mais confortables, au premier étage. Elle s'empressa bien sûr d'accepter et leurs effets y furent déposés.

Les pièces étaient vraiment petites mais bien meublées. Peter se laissa immédiatement tomber sur un lit avec un gémissement.

— Commande-moi un cognac, pour l'amour de Dieu. J'ai l'impression que je vais mourir !

Yolanda s'exécuta mais quand elle dut signer la note, elle fut horrifiée par le prix. N'étaient-ils pas dans le pays d'origine du cognac ?

— Je t'avais prévenu que les voyageurs se faisaient gruger, dit-elle à son frère qui avala l'alcool d'un trait.

— En tout cas, je resterai en Europe jusqu'à

la fin de mes jours. Je ne suis pas prêt de remonter sur un bateau !

— Tu n'as pas eu de chance, la mer était mauvaise.

— C'est peu dire !

La fine champagne ne tarda pas à produire son effet. Peter se leva, ôta son pardessus et le jeta sur une chaise. Puis il se regarda dans le miroir et pesta en constatant la triste allure de son jabot.

— Encore heureux qu'ils ne nous aient pas logés avec les domestiques ! remarqua-t-il.

— Tu as vraiment l'air mal en point, mon cher frère. Je vais t'aider à te changer et puis on descendra manger quelque chose.

— Je ne pourrais rien avaler ! Par contre, un autre cognac...

— L'alcool n'est guère recommandé quand on a l'estomac vide.

— Tais-toi, s'exclama le jeune homme, j'ai encore l'estomac complètement retourné !

Yolanda se mit à rire.

— Pauvre Peter ! Tu vas bientôt te sentir mieux, et puisque nous sommes dans le meilleur hôtel de Calais, la nourriture doit être délicieuse.

Tout en parlant, elle avait ouvert sa malle d'où elle sortit des vêtements propres et un jabot amidonné avant de se diriger vers la porte de sa chambre. Elle désirait se changer, se sentant encore imprégnée de l'odeur repoussante des voyageurs qui avaient souffert du mal de mer.

Sa garde-robe se réduisait à quelques vêtements. Elle choisit une robe de mousseline blanche ornée d'une large ceinture bleue et, de crainte d'avoir froid, se munit d'un joli châle de laine qui lui venait de sa mère. Alors qu'elle essayait de se coiffer devant un tout petit miroir, la porte de communication s'ouvrit brusquement. Peter se tenait dans l'embrasure, le visage décomposé.

Instinctivement, Yolanda sauta sur ses pieds. L'espace d'un instant, elle crut que ceux qui menaçaient d'arrêter son frère avaient aussi traversé la Manche ! Au moment où elle allait lui demander ce qui se passait, il dit, d'une voix méconnaissable :

— J'ai été volé !

— Volé ?

— De tout ce que je possédais !

— Oh non... ce n'est pas vrai ?

— Mais je connais ceux qui m'ont dépouillé. Ils se sont approchés de moi au moment où je soulageais ma nausée par-dessus la balustrade. Ils ont fait mine de compatir et m'ont soutenu. Au lieu de me méfier, j'ai cru qu'ils voulaient m'aider alors qu'ils en profitaient pour vider mes poches !

— Oh, Peter... Tu en es sûr ?

— Viens voir toi-même, je n'ai plus un seul penny !

Yolanda eut une exclamation d'horreur. Puis, comme pour se convaincre que Peter disait vrai, elle courut dans sa chambre et vérifia elle-même. Les poches du manteau qu'il portait étaient bien vides ! Aucune trace des billets de M. Brewster, pas plus que de la petite bourse en mailles dans laquelle il avait mis les souverains.

Désespérée, elle se reprocha de ne pas avoir pris une partie de leur argent dans son sac à main. Mais pas un instant elle n'aurait imaginé que Peter, d'ordinaire si avisé et si prompt, se serait fait dévaliser de cette manière.

Elle reposa le manteau sur le lit et se tourna vers son frère qui l'observait, immobile.

— Que diable allons-nous faire maintenant ? fit-il.

— Viens dans ma chambre. Nous pourrons parler sans risquer d'être entendus.

Il obéit, et elle referma la porte derrière lui.

Le silence s'installa.

— Nous devrions peut-être... rentrer chez nous et essayer de trouver de l'argent, d'une manière ou d'une autre ? suggéra-t-elle enfin.

— Et nous faire arrêter ?

— Oui, c'est vrai... Peter, nous ne pouvons vivre de l'air du temps, et je sais bien que les bijoux de maman n'ont pas grande valeur.

— J'aurais dû te le dire plus tôt, mais... il ne restait que les babioles que papa lui avait offertes quand il n'eut plus les moyens de lui acheter autre chose.

— J'ai toujours les six guinées de l'argent du ménage.

— Bon, ce n'est pas le Pérou mais c'est mieux que rien. Que proposes-tu ?

— Je ne sais vraiment pas. Mon esprit est comme... embrumé, répondit Yolanda.

— Le mien aussi. Quel idiot j'ai été de croire que ces hommes voulaient m'aider alors qu'ils n'avaient qu'une idée : me plumer comme un oison !

Il s'exprimait avec une sorte de fureur, tout à coup.

— Et quel oison ! reprit-il sur le même ton. Un benêt, un nigaud ! L'idiot du village qui se fait dévaliser par le premier brigand venu dès qu'il quitte sa campagne !

— Tu n'as rien à te reprocher, voyons. Tu étais tellement malade...

— Malade à mourir, mais ce n'est pas une excuse !

Il s'assit sur le lit et ajouta :

— Mieux vaudrait que tu regagnes l'Angleterre... Quant à moi, il ne me reste plus qu'à me faire sauter la cervelle, si toutefois j'en ai encore une !

— Ne parle pas ainsi ! Nous trouverons une issue. Nous n'avons jamais baissé les bras devant les difficultés, ce n'est pas aujourd'hui que nous allons commencer !

— La seule solution, dit-il, presque pour lui-même, c'est de me livrer. Nous allons rentrer tous les deux. J'affronterai les autorités et j'assumerai toutes les conséquences de mon geste.

— Tu ne crois tout de même pas que je te laisserai faire une chose pareille ! se récria-t-elle en lui prenant la main et en la serrant dans les siennes. Tu vois... je pense que la solution est de nous rendre à Paris et d'y rechercher notre famille, mais comment parvenir si loin avec six guinées !

Peter se taisait toujours, elle sentit toutefois ses doigts se raidir. Il souffrait d'avoir entraîné sa sœur dans une telle aventure, même si jusqu'à présent, elle avait réagi avec beaucoup de sang-froid.

— Si nous restons ici, continua-t-elle, nous ne pourrons tenir que quelques jours. J'ai bien peur que Calais soit l'un des endroits les plus chers de France.

— C'est plus que sûr, admit Peter.

— En arrivant, j'ai remarqué d'autres personnes... des gens comme nous, en quelque sorte. Tu crois que... que nous pourrions leur demander de l'aide ?

— Tu nous imagines, abordant un inconnu pour le prier de nous prêter de l'argent, dans une ville et un pays étrangers, sans pouvoir lui donner la moindre assurance d'être un jour remboursé ? Il nous rirait au nez !

Yolanda soupira.

— Tu as raison, c'était une idée ridicule. Si seulement nous arrivions à gagner quelques sous... suffisamment pour atteindre Paris et trouver une pension abordable, le temps de chercher notre famille.

— Si elle existe encore, nota Peter, découragé.

— Ecoute, tu sais soigner les chevaux, poursuivit-elle. Moi, je sais coudre et cuisiner, quoique... je doute fort que les Français apprécient le style de plats que je prépare !

— Tu ne vas pas travailler aux cuisines ! Et je me vois mal en palefrenier...

— Ce n'est pas le moment de se montrer trop fier.

— Mieux vaut retourner en Angleterre. Je ne veux pas que tu souffres par ma faute, à cause de ma bêtise. Nous prendrons le premier bateau en partance, demain matin, et nous prierons pour que le temps se soit calmé.

— Pas si vite ! Réfléchissons tranquillement, Peter. J'ai d'ailleurs une idée... je te la dirai plus tard. Tu es malade, ajouta-t-elle, comme elle le voyait porter la main à son front avec lassitude. Allonge-toi un moment. Je ne pense pas que les Français dînent très tôt. Je suis sûre que nous pourrons nous restaurer dans une heure.

— Ce dont nous n'avons pas les moyens...

A l'intonation de sa voix, Yolanda comprit qu'il était vraiment souffrant. Il se laissa tomber contre l'oreiller et posa ses pieds sur la courtepointe.

— Je descends m'enquérir du prix du dîner, décida-t-elle. Et, avec un peu de chance, je parlerai au propriétaire. S'il me semble sympathique, je lui raconterai notre mésaventure.

— Pour l'amour de Dieu, attends demain matin ! S'il nous sait sans le sou, il risque de nous jeter à la rue dès cette nuit.

— Mais non, il n'en fera rien. Essaie de dormir un peu, tu te sentiras mieux ensuite, ajouta-t-elle en marchant vers la porte.

Avant même que Peter n'ait eu le temps de répondre, elle avait déjà claqué la porte.

— Yolanda ! cria-t-il, en vain.

2

Dans le couloir qui menait à l'escalier, Yolanda croisa deux domestiques. Ils portaient un tablier blanc, elle sur une robe imprimée, lui sur une chemise blanche et un gilet. Ils ne ressemblaient pas aux serviteurs anglais, et la jeune fille comprit qu'il s'agissait sans doute d'un couple marié. Elle se souvint qu'en France ils travaillaient souvent ensemble.

Ils la saluèrent poliment.

Dans le hall de l'hôtel, il y avait un va-et-vient permanent. Au bureau de la réception, situé tout près de l'entrée, des clients réglaient leur note, entourés de voyageurs mécontents qui rebroussaient chemin sans avoir pu être logés.

Yolanda repéra rapidement les lieux et se dirigea vers la salle à manger. Elle ne fut pas surprise de la trouver bondée.

Les serveurs s'affairaient de table en table avec célérité. Elle se demandait comment s'y prendre pour s'enquérir du prix du menu quand elle remarqua les plats copieux, composés apparemment de mets rares. De plus, la majorité des dîneurs buvaient du champagne...

Peter et moi ne pourrons nous attabler avant de savoir combien cela nous coûtera... songea-t-elle nerveusement.

Elle retourna vers la réception où un Anglais à la stature imposante, enveloppé dans une cape de tweed et s'exprimant avec un accent détestable, achevait de régler sa note. Yolanda fut bousculée au moment où elle s'apprêtait à s'adresser au propriétaire qui reporta toute son attention sur le nouveau venu.

— Monsieur Hartley! s'écria le maître des lieux en écorchant son nom. Sa Seigneurie est arrivée ?

— Absolument, monsieur Dessin. Le yacht est au port, répondit l'Anglais.

— M. le duc sera donc là d'un moment à l'autre ! dit le propriétaire. Tout est prêt, monsieur Hartley, n'ayez aucune crainte à ce sujet.

— Je savais que je pouvais compter sur vous.

L'ayant écouté et observé, Yolanda comprit que ce M. Hartley devait être un valet de place. Seuls les personnages riches et importants pouvaient s'offrir leurs services. Leur rôle consistait à précéder leur maître avant chaque étape afin de veiller à la qualité de leur hébergement, de s'occuper des bagages et des chevaux, et de s'assurer qu'il serait reçu avec tout le respect dû à son rang.

— Nous n'avons pas eu de chance, la traversée a été très difficile, reprit Hartley.

— C'est souvent le cas, à cette époque de l'année, répondit M. Dessin. La mer est imprévisible.

— C'est bien vrai, mais il faisait déjà mauvais temps avant que le yacht de Sa Grâce ne quitte Douvres, si bien que la femme de chambre de Mlle Gabrielle Dupré a refusé de monter à bord...

A l'entendre, il s'agissait d'une vraie tragédie et le patron de l'hôtel eut un geste de compassion.

— Ah, les domestiques ! s'exclama-t-il. Toujours la même chose ! Ils n'aiment guère les voyages !

— Cela revient à dire, monsieur, que vous devez me trouver immédiatement une femme de chambre compétente et expérimentée.

— Mais c'est impossible ! s'écria M. Dessin. Croyez que mes employées feront de leur mieux pour servir Mademoiselle, mais lui fournir une servante personnelle quand l'hôtel est plein est tout à fait hors de question. Nous sommes d'ailleurs à court de main d'œuvre.

— Sa Grâce ne tolérera aucun refus, vous le savez.

Le ton de sa voix indiquait qu'il ne s'inquiétait pas seulement de la réaction de son maître : il avait peur pour lui-même. Il s'appuya sur le comptoir et s'approcha de son interlocuteur.

— Ecoutez-moi, monsieur, il doit bien y avoir quelqu'un capable de s'occuper de Mademoiselle, au moins jusqu'à Paris ? L'argent n'est pas un problème.

En même temps qu'elle suivait ce dialogue, Yolanda essayait de calculer mentalement combien elle et Peter pourraient se permettre de dépenser pour dîner. Allait-elle ou non informer le patron de l'hôtel de leur situation pécuniaire ? Elle comprit brusquement que le moyen de résoudre ses problèmes venait peut-être de se présenter.

Accablé, M. Dessin portait une main à son front quand Yolanda glissa d'une voix douce :

— Excusez-moi, monsieur, mais je n'ai pu faire autrement que d'entendre votre conversation. Je pourrais peut-être vous aider.

Hartley se retourna et la considéra avec étonnement.

— M'aider, mademoiselle ?

— Oui, tout à fait. Il se trouve que je suis femme de chambre et expérimentée. J'arrive d'Angleterre, où je me suis occupée d'une lady pendant plusieurs années.

M. Dessin, qui regardait lui aussi la jeune fille avec surprise, émit un petit rire :

— Monsieur Hartley, il semble que la chance soit avec vous ! C'est vrai, cette jeune dame vient de débarquer de ce bateau qui, apparemment, n'a pas fait meilleure traversée que celui de M. le duc.

Il fut interrompu par un autre voyageur qui tentait d'attirer son attention depuis un moment.

— Si vous ne vous occupez pas de moi, je pars sans payer ma note ! fit-il, énervé.

M. Dessin s'employa sur-le-champ à éviter un

tel désastre, laissant Yolanda en tête à tête avec Hartley.

— Vous paraissez bien jeune pour être une femme de chambre expérimentée, déclara ce dernier.

— Oui, je parais plus jeune que mon âge, monsieur. Bien entendu, j'ai des références attestant la vérité de ce que je viens d'avancer.

— J'aimerais les voir.

— Je vais vous les descendre mais... il y a autre chose.

— Oui, quoi donc ?

— Je voyage avec mon... mari, annonça-t-elle en priant le ciel pour qu'il ne remarque pas ses joues brusquement empourprées.

La possibilité de se rendre à Paris venait de se présenter et c'était là une véritable aubaine. Restait à résoudre le problème de Peter...

— Un mari ? Mais... que fait-il ?

— Il s'occupe parfaitement des chevaux, répliqua-t-elle, se souvenant de ce qu'elle avait suggéré à Peter un peu plus tôt.

— Il sait monter ?

— Oui, très bien !

— Possède-t-il aussi des références ?

— Bien sûr, monsieur, il était au service de Sir Peter Tiverton.

L'annonce de ce nom précédé de son titre parut rassurer Hartley.

— L'un des écuyers de Sa Grâce s'est justement cassé une jambe durant la tempête. Il a dû rester à bord du yacht.

— Je suis certaine, monsieur, que mon mari

pourra prendre sa place et vous donnera satisfaction. En réalité, il avait la charge de tous les chevaux de Sir Peter.

— J'aimerais le voir immédiatement ! Allez le chercher. En même temps, vous m'apporterez vos certificats.

— Entendu, monsieur, mais cela me prendra quelques minutes : nous n'avons pas encore défait nos bagages.

— Sa Grâce risque d'arriver d'un instant à l'autre, répondit Hartley en jetant un regard vers la porte d'entrée. Alors dépêchez-vous ! Et j'espère que vous n'êtes pas en train de m'abuser !

— Tout ce que je viens de vous dire est vrai, monsieur, je vous le promets. Vous ne serez pas déçu.

Il jeta un nouveau coup d'œil vers la porte.

— Hâtez-vous ! Je vous attends ici.

Yolanda releva ses jupes et gravit les marches en courant.

Elle fit irruption dans la chambre où Peter était toujours étendu sur le lit.

— Lève-toi ! Vite ! Je viens de nous trouver un emploi jusqu'à Paris !

Peter s'assit.

— Comment ? Mais de quoi parles-tu ?

— Je serai femme de chambre, et toi, écuyer ! Viens dans ma chambre, il nous faut rédiger nos références !

— Tu es devenue folle !... commença le jeune homme en se décidant à la suivre.

Yolanda sortait de sa malle l'écritoire en cuir

râpé qui avait appartenu à leur mère. Elle contenait plusieurs feuilles de papier-parchemin blanc, gravées aux armoiries des Tiverton. Elle en tendit une à son frère :

— Vite ! Ecris une référence enthousiaste émanant de Peter Tiverton, louant la façon admirable dont tu t'occupais de ses chevaux et regrettant que tu aies voulu le quitter pour regagner ton pays natal.

Un peu hébété, celui-ci prit la feuille tandis qu'elle s'emparait résolument d'une petite bouteille d'encre et d'une grande plume d'oie.

— Heureusement que je n'ai pas oublié d'emporter mon écritoire, fit la jeune fille. J'avais décidé d'envoyer un courrier aux Gibson pour leur dire de ne pas s'inquiéter pour nous, c'est pourquoi j'y ai pensé, à la dernière minute.

Elle regarda à l'intérieur du coffret et s'exclama :

— J'ai une autre plume ! Cela tombe très bien. Peter, dépêche-toi, je t'en prie. Le duc peut arriver d'un moment à l'autre.

— Quel duc ?

— Je ne sais pas son nom, mais il a un yacht et il voyage avec une certaine Mlle Gabrielle Dupré dont je vais être la femme de chambre.

— Gabrielle Dupré !, répéta Peter, ébahi. Ce n'est pas possible !

— Pourquoi ? Que sais-tu d'elle ?

— C'est une comédienne. Elle a fait une courte saison au King's Theatre et tout Londres en a parlé. Elle est superbe, paraît-il, sublime ! Elle a envoûté tous les hommes du White !

— Quel genre de rôles joue-t-elle ?

Peter eut un moment d'hésitation.

— En fait, déclara-t-il enfin, on remarque surtout son physique. Je serais incapable de te dire ce qu'elle vaut comme actrice !

— Voilà qui explique sans doute pourquoi un duc l'escorte jusqu'en France, remarqua Yolanda.

— Tu projettes vraiment de me faire engager comme écuyer ? demanda le jeune homme.

— Au moins, tu pourras gagner Paris. Je t'en prie, Peter, cesse de parler pendant que je rédige cette lettre. Nous devons aussi nous trouver un nom. J'ai dit que nous étions français.

— Je m'en doutais !

— Le duc ne doit pas deviner qui nous sommes réellement.

— Non, bien sûr.

— Bon, tu seras Pierre Latour — nous pouvons parfaitement prendre le nom de maman et Yolanda est un prénom médiéval français, il passera très bien.

Peter eut soudain un sourire narquois.

— C'est formidable ! Quelle imagination ! Tu penses pour deux !

— Arrête de parler et écris... écris vite !

Elle-même s'efforçait de vanter les mérites de Yolanda Latour. Elle signa « Margaret Tiverton », choisissant son second prénom.

Peter s'acquitta rapidement de sa tâche. Intelligent et vif d'esprit, il savait se montrer très efficace, quand les circonstances l'exigeaient.

— Je ne vais tout de même pas descendre dans cette tenue ! s'écria-t-il dès qu'il eut terminé.

— Un domestique ne porte sans doute qu'un simple plastron, admit-elle.

— Je ne suis pas un idiot !

Il posa sa lettre de références sur la table où sa sœur écrivait et regagna sa chambre.

Pour la première fois, Yolanda se préoccupa de sa propre apparence. Heureusement, songea-t-elle, sa vie tranquille à la campagne lui avait épargné les exigences de la mode. Ses cheveux longs et épais étaient tirés en arrière et noués sur la nuque, alors que les coiffures en vogue privilégiaient les crans sur le front et les oreilles. Mais elle trouvait que le catogan correspondait mieux au rôle qu'elle aurait à jouer.

Quant à sa robe de mousseline bon marché, elle l'avait faite elle-même. Elle passerait aisément pour la tenue d'une servante qui n'était pas de service. De toute façon, Hartley serait tellement content d'avoir trouvé quelqu'un qu'il s'attarderait sans doute moins sur sa mise que sur ses capacités.

Elle prit les deux lettres et ouvrit la porte de communication. Avec sa façon inhabituelle de clignoter des yeux, Peter n'était plus le gentleman à la mode, le dandy qu'elle connaissait. Il faisait au contraire un serviteur très présentable — séduisant, certes, mais serviteur tout de même ! Ses cheveux huilés, aplatis sur le crâne, étaient brossés en arrière. Il avait retiré son jabot et mis un plastron, comme Yolanda le lui avait suggéré.

Bien sûr, il était obligé de garder son pardessus et ses bottes trop élégantes, mais il avait revêtu sa culotte de cheval, tenue qu'on s'attendait à lui voir.

— Peter, tu es splendide ! s'exclama Yolanda. J'étais sûre que tu saurais sauter sur cette occasion. De toute façon, nous n'avons pas le choix.

— Et tu l'as déjà dit, c'est mieux que d'aller à pied jusqu'à Paris, fit-il avec ironie. Au moins, notre nourriture nous sera payée, et je l'espère, nos boissons aussi.

— Descendons. Nous devons absolument obtenir cet emploi. C'est notre seule chance, souligna-t-elle. Et souviens-toi, je suis ta femme.

— Ma femme ! s'étrangla Peter. Tu ne me l'avais pas dit !

— En France, les serviteurs travaillent souvent en couple, précisa-t-elle tranquillement.

— Tu as peut-être raison, après tout. Allons, venez, madame Latour ! J'espère au moins que tu feras une épouse convenable et obéissante !

Yolanda ébaucha une grimace. Ils éclatèrent de rire puis descendirent au rez-de-chaussée où les attendait Hartley.

La jeune fille esquissa une petite révérence,

comme elle aurait déjà dû le faire, songea-t-elle...

— Voici nos références, monsieur.

Hartley ne fit pas attention à elle. Il regardait Peter.

— Alors, c'est vous Latour, fit-il, visiblement surpris de découvrir un homme d'une taille et d'un physique aussi imposants.

— Oui, monsieur, répondit Peter. Et je vous prie de m'excuser si ma tenue vous paraît légèrement négligée, mais la traversée a été rude et j'ai souffert du mal de mer.

Cette déclaration amena un sourire sur le visage soucieux de Hartley.

— Vous n'êtes pas le seul, répliqua-t-il. Comme votre femme vous l'aura expliqué, l'un des écuyers de Sa Grâce s'est cassé une jambe pendant la tempête.

— Ce n'est pas de chance pour lui, mais j'espère que nous pourrons soulager M. le duc en lui prêtant notre concours.

— Je l'espère aussi, renchérit Hartley tout en parcourant les références. Tout cela me semble des plus satisfaisant, estima-t-il.

A ce moment-là, une certaine agitation se produisit autour de la porte d'entrée. Hartley remit brusquement les lettres dans les mains de Yolanda et se précipita pour s'incliner obséquieusement devant une femme qui venait de faire une apparition remarquée.

Jamais Yolanda n'avait vu beauté aussi tapageuse. Coiffée d'un chapeau dernier cri à haut bord orné d'une profusion de plumes d'autruche vertes, elle portait un manteau de voyage en velours émeraude gansé de zibeline depuis l'encolure jusqu'aux pieds. Sur son manchon de fourrure assorti, une broche était piquée, un gros diamant serti de perles. Perdues dans son opulente chevelure d'un roux vif, on pouvait voir les mêmes pierres, montées en pendants d'oreilles.

Dans son visage poudré, ses longs cils fardés battaient comme les ailes d'un papillon impatient. Sur ses lèvres pourpres se lisait encore toute l'horreur de la traversée épouvantable qu'elle venait d'endurer.

— Jamais je n'ai fait voyage plus déplaisant, plus désagréable, plus horrible ! clamait Mlle Dupré d'une voix que personne dans le hall n'aurait pu manquer d'entendre.

A son entrée, tout le monde avait fait silence.

Immédiatement consciente qu'elle avait un public, la jeune femme oublia ses déboires et sourit. Ce sourire — Yolanda l'apprendrait plus tard — avait déjà séduit Paris, puis Londres.

— Soyez la bienvenue, mademoiselle.

M. Dessin plongea jusqu'au sol dans une révérence qui traduisait toute son admiration.

— Mon modeste établissement, fit-il, est honoré de votre présence, et bien sûr, nous sommes tous ici à votre disposition.

— Je veux seulement du champagne, un bain chaud et un bon dîner, répliqua la dame. Et dans cet ordre-là.

Déjà elle se dirigeait vers l'escalier. M. Dessin ouvrit la marche.

— Vos désirs sont des ordres, mademoiselle. Les chambres sont prêtes et nous y avons rassemblé toutes les fleurs disponibles de cette région.

Gabrielle Dupré dépassa Yolanda dans un bruissement de soie, laissant sur son sillage les effluves capiteux d'un parfum exotique. Figée sur place, la jeune fille contemplait l'actrice comme une apparition presque surnaturelle.

Celle-ci commençait à monter les marches quand Yolanda sentit dans son dos la pression de main de Hartley.

— Accompagnez Mademoiselle. Prenez soin d'elle et faites tout ce qu'elle vous demandera.

Yolanda n'avait plus qu'à obtempérer, mais elle ne put réprimer un léger sursaut. Elle se retourna pour tenter d'apercevoir Peter.

Hartley se trouvait toujours dans le hall. Un nouvel arrivant venait en effet de faire son entrée. Un seul regard suffit à Yolanda pour comprendre qu'il s'agissait de M. le duc et de son valet.

Jamais elle n'avait rencontré un homme dont l'attitude respirait à ce point le dédain et l'opulence.

Il était grand. C'est tout juste s'il condescendait à poser le pied par terre. Ses vêtements, à la dernière mode, s'ajustaient comme une seconde peau. Ils ne faisaient qu'accentuer la personnalité de l'homme.

C'est surtout son visage qui frappa Yolanda, même si par ailleurs, le personnage correspondait à l'idée qu'elle pouvait avoir d'un duc anglais aussi puissant. Son expression dure et dédaigneuse laissait entendre que rien, autour de lui, ne risquait de le satisfaire.

Ses traits fins et nobles, un peu marqués autour de la bouche, semblaient taillés à la serpe. Ses paupières lourdes trahissaient une certaine lassitude, comme si rien ne pouvait plus l'intéresser ou l'amuser.

— Tout est prêt, Votre Grâce : les meilleures chambres de l'hôtel, les fleurs, les...

— Epargnez-moi votre refrain, Hartley, l'interrompit le duc d'une voix grave. Occupez-vous plutôt des bagages.

— Oui, bien sûr, Votre Grâce. Tout de suite !

Servile jusqu'à en devenir pitoyable, Hartley déguerpit immédiatement.

Le duc approchait de l'escalier quand Yolanda prit brusquement conscience qu'elle s'était attardée à l'observer. L'actrice était déjà en haut. Yolanda s'empressa de la rattraper tout en songeant que jusque-là elle n'avait jamais soupçonné comportements aussi peu conformes à ce qu'elle pensait être la dignité anglaise.

Elle ne fut pas étonnée de constater que la chambre de Gabrielle Dupré était grande et très confortable. Les fleurs qui embaumaient avaient sans doute coûté une fortune, à cette époque de l'année.

Le premier geste de l'actrice fut d'aller s'asseoir à la coiffeuse et de regarder son reflet dans le miroir.

— Mon Dieu, comme je déteste la mer! s'exclama-t-elle en défaisant les rubans qui maintenaient sa coiffe.

— Je compatis à vos souffrances, mademoiselle, entonna M. Dessin, mais une coupe de champagne — le meilleur de ma cave — aura tôt fait de redonner à vos si beaux yeux leur éclat incomparable.

Comme tous les Français, il savait exalter l'admiration qu'une femme lui inspirait. Gabrielle Dupré jeta son chapeau sur le sol, se retourna et lui offrit son plus beau sourire, quand il lui tendit sa coupe. Elle s'aperçut alors de la présence de Yolanda, debout dans l'encadrement de la porte.

— Qui est-ce? s'enquit-elle sur un ton péremptoire.

— Votre femme de chambre, mademoiselle, répliqua M. Dessin. Mme Latour arrive elle aussi d'Angleterre, et nous avons eu la chance de l'engager pour s'occuper de vous.

— Elle me paraît bien jeune...

— Mais elle n'en a pas moins une grande expérience, se hâta de préciser M. Dessin.

Il se tourna vers Yolanda et ajouta:

— N'est-ce pas?

— Tout à fait, monsieur, répondit la jeune fille en avançant un peu dans la pièce. Mes références sont là, si mademoiselle veut en prendre connaissance. M. Hartley les a déjà examinées.

— Je suppose qu'il sait ce qu'il fait, fit l'actrice. Tout ce que je souhaite, c'est que vous remplissiez votre tâche en vous gardant de vous plaindre à la moindre indisposition, mal de mer et mal de la route compris.

— Je ferai de mon mieux pour ne pas vous incommoder, mademoiselle.

— Dans le cas contraire, vous seriez chassée !

Yolanda remarqua qu'elle réservait à ses domestiques un ton fort différent de celui qu'elle employait dans le monde. Elle n'eut pas à répondre car, au même moment, les porteurs envahirent la pièce avec une impressionnante quantité de malles, des malles luxueuses faites dans le meilleur cuir, toutes très grandes et très lourdes. Suivaient une bonne douzaine de cartons à chapeaux.

S'avisant brusquement que cette confusion soudaine lui offrait l'occasion de battre en retraite, M. Dessin se dirigea vivement vers la porte.

— Si vous désirez quelque chose, mademoiselle, dit-il en s'inclinant, prévenez-moi. Vos désirs sont des ordres !

Il s'inclina à nouveau.

Gabrielle Dupré avait fini son verre. Elle le tendit à Yolanda :

— Servez-moi, intima-t-elle sèchement. Ensuite vous préparerez mon bain.

Yolanda lui remplit sa coupe et, remarquant une porte ouverte, découvrit avec soulagement qu'il s'agissait d'un cabinet de toilette. Une baignoire s'y trouvait installée en son centre. Des brocs contenant de l'eau chaude ou de l'eau froide étaient posés sur le sol.

— La baignoire est ici, mademoiselle. Dès que vous serez prête, je la remplirai.

Le regard de la jeune fille parcourut alors les nombreux bagages.

— Sauriez-vous, mademoiselle, dans laquelle de ces malles se trouvent les vêtements que vous porterez ce soir ?

L'actrice avala une gorgée de champagne et se contempla dans le miroir :

— Je suppose que vous savez lire ? jeta-t-elle.

Yolanda découvrit alors que chaque malle portait une étiquette et se reprocha de ne pas l'avoir remarqué plus tôt. Sur l'une d'elles était écrit le mot « aujourd'hui », d'une main malhabile. Elle l'ouvrit. Un négligé et une chemise de nuit étaient pliés sur le dessus, à côté d'un nécessaire de toilette qu'elle s'empressa d'aller poser sur la coiffeuse.

L'actrice avisa soudain le châle de laine de la jeune fille, posé sur une chaise. Puis son regard s'arrêta sur la robe de mousseline blanche :

— Je présume que vous avez une tenue plus... adéquate que celle que vous portez ? fit-elle.

— Je suis désolée, mademoiselle, mais la robe noire et le tablier que je portais pour servir Mme la comtesse ne m'appartenaient pas. Ils étaient seulement mis à ma disposition pendant le temps de mon service.

— J'aime que mes domestiques aient le physique de l'emploi, mais enfin... Vous mettrez ce que vous avez jusqu'à Paris.

Elle fit une pause avant d'ajouter, presque méchamment :

— Bien entendu, si vous ne me donnez pas satisfaction, je n'hésiterai pas à me passer de vos services dès que je vous aurai trouvé une remplaçante.

— Bien sûr, mademoiselle, j'ai bien compris, répondit Yolanda sur un ton résigné.

— Détachez ma robe, à présent ! Je me demande ce que vous faites plantée là, à parler de vous-même, alors que je meurs de faim et de soif !

Quand l'actrice fut baignée et habillée de son négligé diaphane et extrêmement seyant, Yolanda se vit confirmée dans ses craintes : Mlle Dupré se comportait comme un véritable tyran, se plaisant à prendre en faute ses inférieurs. Peut-être que, trop habituée à déployer charme et douceur devant son public, elle avait besoin d'adopter une attitude totalement opposée en privé ? C'était là une nouvelle facette de son caractère que la jeune fille découvrait en coiffant les longs cheveux blond vénitien de sa maîtresse...

A ce moment précis on frappa à la porte :

— Dois-je m'enquérir de qui il s'agit, mademoiselle ?

— Evidemment ! Quelle question !

En fait, les coups venaient d'une autre porte qui communiquait avec un salon lui aussi regorgeant de fleurs.

Un homme, petit et sec, se tenait dans l'embrasure. Un Anglais, sans doute le valet du duc. Il couvait Yolanda d'un regard admirateur.

— Sa Grâce présente ses hommages à Mademoiselle et lui fait dire qu'il l'attend pour dîner.

Il s'exprimait dans un français à peu près correct.

— Mademoiselle est presque prête, répondit Yolanda.

— C'est bien ce que Sa Grâce espérait, fit le valet en baissant la voix de façon à ce que seule la jeune fille puisse l'entendre. Sa Grâce déteste qu'on la fasse attendre et elle a horreur de manger froid !

Yolanda le trouvait amusant et elle lui sourit.

— Je vais transmettre le message.

Elle rejoignit l'actrice toujours occupée à appliquer sur son visage des lotions, des crèmes et de la poudre.

— Sa Grâce vous prie à dîner, mademoiselle.

— Parfait, lança Gabrielle Dupré en se levant. Si je n'étais pas si fatiguée, j'aurais choisi un autre négligé plutôt que ce vieux chiffon ! Je ne l'ai jamais aimé.

— Mais vous êtes superbe, mademoiselle ! s'exclama Yolanda, devinant que c'était ce que l'actrice désirait s'entendre dire.

— Vous le pensez vraiment ?

Elle se mira à nouveau dans la psyché et poussa un cri.

— Mes bijoux ! Vous n'êtes qu'une idiote ! J'ai oublié mes bijoux ! Je pensais bien que quelque chose manquait.

— Je vous prie de m'excuser, mais je crains de ne pas savoir où vous les rangez.

— Où votre précédente maîtresse les rangeait-elle ? Dans le seau à charbon ? Ils se trouvent dans l'écrin à bijoux, bien entendu. Il est là, à vos pieds !

Le coffret que lui désignait Gabrielle Dupré était tellement grand que jamais Yolanda ne l'aurait soupçonné de contenir des bijoux... Lorsqu'elle l'ouvrit, elle ne put retenir une exclamation de stupeur. Jamais encore elle n'avait vu une telle quantité de joyaux !

Rangés dans des compartiments tapissés de velours, diamants, émeraudes, turquoises, topazes, saphirs et perles fines chatoyaient de mille éclats. Chaque parure comportait un collier auquel étaient assortis broche, boucles d'oreilles, bracelet et bague.

Gabrielle Dupré hésita un certain temps entre les diamants et un collier de six rangs de perles nuancées de rose et d'une rare perfection. Elle pencha finalement pour les diamants, lesquels mirent en valeur sa beauté. Enfin prête, elle se dirigea vers le salon. Elle attendit d'avoir atteint la porte pour se retourner vers Yolanda qui la contemplait, agenouillée près de l'écrin à bijoux.

— Mais qu'attendez-vous donc ? s'exclama l'actrice. Vous imaginez peut-être que je vais ouvrir moi-même ? Vous n'êtes pas sans savoir que cette tâche vous revient, non ?

— Oh, pardon, mademoiselle ! Ne m'en veuillez pas, mais je vous trouve tellement éblouissante que j'en oublie tous mes devoirs !

De fait, jamais elle n'avait vu une femme aussi peu vêtue et parée d'autant de bijoux... Au moment où elle se releva, elle découvrit que, sous la chemise de nuit et le négligé transparents, Gabrielle Dupré était complètement nue !

Malgré l'excentricité inhérente à sa profession de comédienne, Yolanda trouvait sa conduite scandaleuse. Heureusement que Peter ne la voyait pas ainsi !...

Mais sa maîtresse attendait toujours et elle se hâta d'aller lui ouvrir la porte du petit salon, l'invitant à la franchir d'un geste respectueux. Elle comprit alors pourquoi l'actrice tenait tant à faire une entrée théâtrale.

Debout au centre de la pièce, et encore plus séduisant que lors de son arrivée, se tenait le duc.

Si dans ses vêtements de voyage, il lui avait paru imposant, dans sa tenue de soirée il était plus majestueux qu'un roi.

Il émanait de lui un air de dignité souveraine qui ne devait rien à son jabot d'un blanc immaculé, à ses culottes en soie noire nouées aux genoux par une boucle en diamant, ni même à ses façons de sultan attendant les hommages de ses sujets.

C'était l'expression dédaigneuse qu'il affichait qui le rendait si impressionnant aux yeux de Yolanda.

Malgré son regard indolent et le pli négligemment ironique de ses lèvres, la jeune fille le devinait vibrant, bouillonnant de vie, bien qu'il affectât la nonchalance.

Gabrielle Dupré avança comme si elle entrait en scène, et quand le duc entrevit sa nudité resplendissante, Yolanda crut déceler dans son regard une lueur amusée.

Avec un petit cri qui se voulait spontané, l'actrice courut vers lui :

— Pardonnez-moi, mon cher, si je vous ai fait attendre. Je brûlais d'impatience de vous rejoindre ; en aucun cas je ne voudrais perdre une seconde du temps précieux qu'il nous est donné de passer ensemble. Mais... je dois avouer que cette affreuse traversée m'a un peu fatiguée.

Le duc lui prit la main et l'effleura de ses lèvres.

— Vous êtes féerique, dit-il. N'est-ce pas ce que vous vouliez entendre ?

Il parlait un excellent français, avec un accent parisien.

— Seulement si vous le pensez, minauda-t-elle. Et si vous ne voulez pas me voir complètement effondrée, vous devez le penser.

— Mais je le pense, bien sûr.

Alors qu'il lui prodiguait ses hommages, Yolanda croisa brièvement le regard du duc. Elle s'aperçut alors qu'une fois de plus elle s'attardait à observer ces deux personnages si peu courants qui la fascinaient. S'empressant d'exécuter une petite révérence, elle se retira.

Hâtivement, elle se mit à ranger la chambre.

Elle enferma les bijoux dans leur coffret avant de sonner la femme de chambre de l'hôtel, afin qu'elle vide la baignoire. Puis elle se décida à s'enquérir de Peter.

Le dîner du duc lui laissait un long moment de répit, et Gabrielle Dupré n'aurait pas vraiment besoin d'elle pour se déshabiller avant de se coucher... Toutefois, elle n'ignorait pas qu'elle devrait attendre son retour, si tardif fût-il. Annette, la femme de chambre de sa mère, avait toujours agi ainsi.

Dès que tout fut en ordre, elle quitta la pièce et monta au second étage. Comme elle l'avait espéré, Peter l'attendait, allongé sur son lit.

— Enfin ! s'écria-t-il quand elle entra. Je commençais à croire que tu ne viendrais jamais !

— Je n'ai pas osé monter plus tôt. Ô Peter, j'ai tant de choses à te raconter ! Tu ne peux pas savoir à quel point Gabrielle Dupré et le duc sont singuliers !

— Tu as dû les observer sous toutes les coutures, comme le font nos propres employés, mais tu me raconteras tout cela quand nous aurons mangé quelque chose, car je meurs de faim !

— J'ai bien peur que tu ne doives prendre ton mal en patience, sourit Yolanda.

— J'ai tout prévu, dit Peter, prenant soudain le relais.

— Que veux-tu dire ?

— J'ai appris par Hartley que nous dînions avec les domestiques, à l'office. Aux frais du duc, bien sûr.

— Formidable !

— Tu sais qui il est, je suppose ?

— Qui ? Le duc ?

— De qui d'autre voudrais-tu qu'il s'agisse ?

— Je ne sais pas encore son nom.

— C'est le duc d'Ilkeston. Cela te dit quelque chose ?

— Il me semble avoir lu des articles sur lui, dans les journaux.

— Tu ne crois pas si bien dire : il est sans conteste le personnage le plus important de Grande-Bretagne, juste après le roi. C'est le conseiller de la Maison royale.

— Alors j'ai dû entendre parler de lui, ou peut-être aurais-je dû...

Ses yeux se rétrécirent comme elle s'exclamait :

— Peter ! Tu ne crois pas qu'il puisse apprendre qui tu es ?

— Pour lui, je n'existe pas plus qu'un ver de terre. Viens, je te parlerai de lui en dînant.

Beaucoup plus modeste que la salle à manger, l'office s'avérait pourtant assez confortable. La majorité des convives occupait une longue table, placée au centre de la pièce, mais les employés du duc, se distinguant dans la hiérarchie par leur appartenance à la prestigieuse maison, s'étaient vu attribuer plusieurs petites tables.

Hartley avait déjà présenté Peter. A son tour, Yolanda rencontra le premier, le second puis le troisième cocher de Sa Seigneurie, et les trois écuyers auxquels son frère allait se joindre.

Les domestiques se montrèrent plutôt distants à leur égard; Yolanda attribua cette réserve au fait qu'ils les croyaient français. Dès qu'elle fut installée dans un coin de la pièce avec Peter, elle se pencha vers lui :

— Il nous faudra parler anglais, de temps en temps, mais avec un léger accent, chuchota-t-elle.

Peter acquiesça.

— C'est ce que j'ai fait. J'ai aussi expliqué que j'avais passé plusieurs années en Angleterre, pour justifier mon aisance dans la langue. En vérité, ils se sont tous montrés très agréables et les écuyers m'ont offert un verre.

Ces rapports amicaux lui avaient en tout cas rendu sa bonne humeur.

— M. le duc voyage certainement dans le plus grand confort, dit-elle.

— Il a encore un administrateur et un secrétaire qui l'ont précédé, pour s'assurer que tout sera en ordre quand il atteindra Paris, et enfin son valet.

— Je l'ai vu.

— Son second valet est resté à bord du yacht ; en outre, quand nous serons arrivés, toute une équipe de domestiques français se mettra à sa disposition.

— Il faudrait que tu m'expliques en quoi consiste exactement la tâche de femme de chambre. Après tout, je n'ai jamais employé que les Gibson, et je risque de me sentir un peu perdue.

— L'idée était de toi!

— Avoue que nous avons eu de la chance. Cela ne nous coûtera pas un penny d'aller à Paris, et une fois là-bas, si tout va bien, nous retrouverons les Latour qui nous accueilleront à bras ouverts.

— Que Dieu t'entende! dit Peter. Je dois reconnaître que tu t'es vite et bien débrouillée.

Yolanda lui sourit. Elle remarqua alors que les trois écuyers la dévisageaient avec une admiration non déguisée. Peter s'en rendit compte aussi car il poursuivit, en baissant la voix :

— Nous sommes des jeunes mariés très épris l'un de l'autre, et tu ne peux t'intéresser à personne d'autre que moi.

— Evidemment !

Le ton de Peter et la manière dont les trois hommes continuaient de l'observer alarma la jeune fille :

— Tu ne veux pas dire que... ?

— Je veux dire que nous devons rester très prudents. Tu es trop jolie pour côtoyer un homme comme le duc, voilà la vérité.

— Tu ne parlerais pas ainsi si tu avais vu Mlle Dupré, tout à l'heure !

— Qui oserait la regarder alors qu'elle est avec le duc ? Il est connu pour être un fin tireur.

Brusquement inquiète de l'avenir, Yolanda demanda :

— Sais-tu combien nous serons payés ?

— Non, mais j'espère que ce sera substantiel. Quand je pense à ces moins que rien qui m'ont volé, je ne sais pas ce qui me retient de...

— Peter, je t'en prie, ne t'attire pas d'ennuis. Les Français pourraient te renvoyer en Angleterre et tu serais arrêté.

Le jeune homme soupira, comme s'il avait déjà pensé à tout cela. Afin de ne pas gâcher leur premier repas en France, elle tenta de faire diversion en lui racontant l'épisode des bijoux de Gabrielle Dupré.

— Je me demande de quoi ils peuvent bien parler, tous les deux, ajouta-t-elle. J'aimerais être une petite souris pour les écouter.

Pour une raison qui échappa à la jeune fille, sa remarque sembla inquiéter Peter.

— Ne t'avise surtout pas de te montrer indiscrète, jeta-t-il d'un ton coupant. Que faisais-tu d'ailleurs dans le salon ?

— Mlle Dupré a tenu à ce que je lui ouvre la porte. Elle voulait faire une entrée théâtrale, exactement comme si elle s'était trouvée sur scène et que le duc eût été le jeune premier.

Peter fronça les sourcils.

— Il t'a vue ?

— Il me semble que... oui, quand il lui a baisé la main.

— Ecoute, Yolanda, dit-il, soudain très sombre. Tu dois absolument éviter le duc et rester hors de sa vue. Compris ?

— Pourquoi ?

Il réfléchit avant de répondre, comme s'il cherchait ses mots.

— Il est probable que la présence de Gabrielle Dupré t'éclipse à ses yeux, mais je préfère prévenir le moindre problème.

— Pourquoi y aurait-il des problèmes avec le duc ?

— Ne pose donc pas de questions, fit-il sur un ton irrité. Contente-toi de suivre mes recommandations à la lettre. Tiens-toi à l'écart. S'il te parle, tu n'as qu'à jouer les simples d'esprit.

— Vraiment, je ne comprends pas ! Tu n'insinues tout de même pas qu'il... pourrait s'intéresser à moi ?

Peter ne répondit pas et elle eut un petit rire.

— C'est absurde, voyons ! Pour lui, je ne suis qu'une femme de chambre !

Peter serra les lèvres.

— Oui, je sais, dit-il au bout d'un moment. C'est bien cela qui m'inquiète.

3

Confortablement installée dans une voiture tirée par quatre chevaux, Yolanda songeait avec satisfaction que jamais, elle et Peter, n'auraient pu s'offrir meilleur moyen de transport pour aller à Paris.

Au départ de Calais, il fut décidé qu'elle voyagerait seule, Hawkins, le valet du duc, préférant le siège du cocher.

Ils roulaient à environ un quart de mile de la voiture d'Ilkeston et de Gabrielle Dupré. Parfois, quand ils ralentissaient pour traverser une petite ville, Yolanda apercevait Peter et pouvait constater que cette escapade le divertissait. Il avait une drôle d'allure dans la livrée du duc, coiffé d'une perruque poudrée sous une toque noire à visière. Il s'était d'ailleurs déjà plaint d'être trop serré dans son vêtement.

— C'est à cause de ton sang anglais, l'avait taquiné Yolanda. Les Français sont traditionnellement petits et bruns.

— J'ai prétendu que nous étions originaires

de Normandie, car mes compagnons se sont étonnés que tu aies la peau si blanche.

La jeune fille allait s'indigner de l'impertinence de ces gens qui se permettaient de telles remarques à son sujet, quand elle se souvint qu'elle était censée être une servante, comme eux. Ils avaient donc le droit de la critiquer ou de la complimenter.

Le matin où ils avaient quitté Calais, elle fut trop occupée pour réfléchir. Réussir à boucler les bagages de Gabrielle Dupré à temps ne fut pas une mince affaire. L'actrice changea d'avis une douzaine de fois, avant d'arrêter son choix sur ce qu'elle allait porter. Désespérée, Yolanda ne savait plus où donner de la tête. Elle craignait d'être en retard et si, par malheur, elle paraissait inefficace, le duc la congédierait, sans autre forme de procès...

Deux femmes de chambre lui vinrent en aide, mais elle était à bout de souffle quand, après avoir dévalé les marches de l'escalier, elle arriva enfin à la voiture. Le cocher et Hawkins ne contenaient plus leur impatience.

— Apprenez que Sa Grâce n'attend personne ! lança sèchement le valet.

Yolanda lui aurait volontiers rétorqué que s'il n'avait tenu qu'à elle, elle ne se serait certainement pas encombrée de cette pimbêche capricieuse, mais elle se retint.

Les chevaux trottaient à bonne allure. Toutefois, le duc n'avait visiblement pas l'intention d'accélérer inutilement le train pour atteindre la capitale.

Ce dernier s'arrêta pour déjeuner avec Gabrielle Dupré, tandis que la voiture qui transportait Yolanda et Hawkins continuait jusqu'à l'auberge où ils passeraient la nuit, afin de préparer l'arrivée de leurs maîtres.

Hartley les avait précédés : tout le premier étage avait été réservé pour le duc. Des fleurs agrémentaient la chambre et le salon de la comédienne. Même la pièce où Yolanda devait dormir était très confortable.

A nouveau, elle n'eut pas l'occasion de revoir Peter avant le dîner. Il l'attendait à l'office. Moins agréable que celle de l'hôtel d'Angleterre, la salle était mal entretenue et si petite qu'ils durent tous s'attabler les uns contre les autres. Yolanda et son frère ne purent donc se parler, sous peine d'être entendus.

Peter dut attendre la fin du repas pour emmener sa sœur dehors, dans l'arrière-cour de l'auberge.

— Tu vas bien ? demanda-t-il en anglais.

— Je suis fourbue ! Mais je crois que Mademoiselle apprécie mes services, c'est tout ce qui compte.

— Mais c'est amusant de voyager ainsi, plutôt que dans l'un de ces coches inconfortables que nous aurions été contraints de prendre, non ?

— Comme tu y vas ! Nous aurions tout juste pu nous offrir une diligence ! Elles sont moins chères et nous serions arrivés en compote !

— Nous avons eu de la chance, admit Peter.

Puis il lui posa la question qui lui brûlait les lèvres.

— Le duc t'a-t-il prêté attention ?

— Je ne l'ai même pas vu, répliqua Yolanda, surprenant son frère à soupirer de soulagement.

Pour avoir toujours vécu à la campagne, un peu retirée, Yolanda était restée très innocente. Elle n'avait pas la moindre idée de ce que pouvait être une relation entre un homme comme le duc et une femme comme Gabrielle Dupré. Certes, elle avait entendu parler son frère des dandys de St. James's qui consacraient leur temps aux danseuses de ballet de Covent Garden, mais elle s'imaginait simplement qu'ils se plaisaient à les emmener danser dans les innombrables salles du West End de Londres, prévues à cet effet.

Elle ne soupçonnait pas non plus Mlle Dupré d'être la maîtresse du duc. Selon elle, il lui avait offert certains de ses superbes bijoux, uniquement parce qu'il admirait ses talents d'actrice.

La nuit précédente, elle avait d'ailleurs appris que le duc n'était pas le seul homme à l'avoir couverte de joyaux... L'actrice, à nouveau vêtue de l'un de ses innombrables négligés transparents, choisissait quelle parure porter pour le dîner. Elle hésitait entre des turquoises assorties de diamants et des émeraudes d'une très belle eau.

— Les émeraudes se parent d'un éclat incomparable, près de vos cheveux roux, mademoiselle, suggéra Yolanda.

— Vous avez raison, reconnut Gabrielle Dupré en prenant le collier.

Soudain, elle se ravisa.

— Non, voyons ! Je ne peux les porter ! C'est le marquis de Chalon qui me les a données, et le duc le déteste !

Ses lèvres rouges s'incurvèrent en un petit sourire et elle ajouta, murmurant pour elle-même :

— Je veux rendre le duc jaloux, mais pas en me servant du marquis...

Tandis que la voiture filait sur la route, laissant dans son sillage un nuage de poussière, Yolanda considérait l'énorme coffret de cuir en se demandant quelle valeur représentait son contenu. Une somme énorme, sans aucun doute. Elle trouvait pourtant étrange qu'une femme aussi jeune que Gabrielle Dupré ait pu amasser une telle fortune en si peu de temps. Car elle n'avait pas plus de vingt-quatre ou vingt-cinq ans... En tout cas, quoi qu'il lui arrive, elle est déjà à l'abri du besoin, songea Yolanda, ce qui était loin d'être leur cas, à Peter et à elle ! A part six guinées et les bijoux de leur mère, ils ne possédaient plus rien !

D'ailleurs, comparées à la profusion de joyaux de l'actrice, les quelques breloques et l'alliance toute simple de Mme Latour paraissaient misérables.

Il lui semblait également injuste qu'un talent

de comédienne puisse rapporter autant. Injuste et démesuré.

Yolanda se souvint alors de l'amour qui unissait son père et sa mère, de leur bonheur. Elle ne doutait pas que toute femme, même une actrice comme Gabrielle Dupré, n'aspire à une telle félicité. Quand elle vieillirait et que son public se détournerait d'elle, elle pourrait vendre ses bijoux et vivre à l'abri du besoin, mais elle ne connaîtrait pas le véritable bonheur que l'on trouve dans l'amour, l'amour qui défie le temps.

Ses pensées revinrent à Peter et elle se pencha par la fenêtre pour tenter de l'apercevoir au loin. Elle ne lui avait pas menti en disant qu'elle n'avait plus revu le duc, depuis cette première nuit à Calais. Celui-ci, elle l'avait appris par ses hommes, reprenait la route plus tard que de coutume, le matin, afin de ne pas contrarier Gabrielle Dupré. Mais il se levait tôt et montait à cheval avant le petit déjeuner. L'exercice était sans doute indispensable à un homme aussi fort et athlétique que lui. De son côté, Peter lui avait relaté que le jour où il s'était arrêté pour déjeuner avec Gabrielle Dupré alors que les autres continuaient, le duc avait demandé à l'un de ses écuyers de lui laisser son cheval, et il avait galopé une heure avant de regagner la voiture... Yolanda n'avait donc guère eu l'occasion de l'approcher.

Le lendemain, ils empruntaient la route de la malle-poste qui menait directement à Paris. Par la fenêtre de la voiture, Yolanda ne se lassait pas d'admirer la campagne. Comme elle aurait aimé visiter l'une de ces églises dont Napoléon avait ordonné la réouverture, car depuis la Révolution, elles étaient restées closes. Elle aurait souhaité aussi parler avec les paysans qu'elle avait tout juste le temps d'apercevoir dans les petits hameaux qu'ils traversaient trop vite. A peine pouvait-elle jeter un coup d'œil sur les marchés, ou sur les enfants qu'elle s'étonnait de découvrir bien rondelets.

Elle remarqua que la plupart des grands châteaux demeuraient fermés, leurs vitres brisées, et que dans les cimetières, nombre de pierres tombales étaient retournées.

Mais il y avait tant à voir, et tant de choses dont elle aurait aimé parler avec les Français eux-mêmes...

Hélas, après une longue journée de voyage, suivie des interminables ablutions de mademoiselle Dupré, elle dînait très tard et n'avait d'autre désir ensuite que de gagner son lit. Elle dormait alors d'un sommeil de plomb jusqu'au petit matin, où l'on venait la réveiller beaucoup trop tôt, à son goût.

Ils arrivèrent bientôt à Chantilly, dernière étape avant Paris. Yolanda aurait tant aimé visiter le château du prince de Condé, revoir les célèbres jardins où elle s'était rendue avec sa mère, quand elle était petite fille, les fontaines, les cascades... Un projet difficile à mettre à exécution, mais elle espérait néanmoins avoir l'occasion de contempler toutes ces merveilles de loin.

Elle dîna avec Peter et il leur fut à nouveau

impossible de se parler en privé. Les écuyers décidèrent ensuite de se rendre aux écuries afin de vérifier que leurs chevaux étaient bien traités. Ils n'accordaient qu'une confiance limitée aux palefreniers français.

— Tu ferais mieux de remonter, lui dit Peter en se joignant aux autres.

Mais pour une fois, Yolanda était d'humeur rebelle. Depuis qu'ils avaient quitté l'Angleterre, elle se sentait plus hardie et, au fur et à mesure qu'ils descendaient vers le sud, elle découvrait que le printemps fleurissait en France. Et le printemps lui donnait des désirs de liberté... Aussi sortit-elle par l'arrière de l'hôtel et se retrouva-t-elle aux abords d'un terrain en friche qui ne devait pas mériter le nom de jardin. Pourtant, de très beaux arbres déployaient leur feuillage d'un vert encore tendre et, parmi les herbes qui descendaient en pente douce jusqu'à un ruisseau, des fleurs sauvages jetaient des éclats de couleurs.

En Angleterre, les jonquilles et les primevères s'épanouissaient partout, mais ce paysage de champs cultivés à perte de vue, où aucune haie ne venait cacher l'horizon, la ravissait.

Ce soir-là, ils avaient dîné plus tôt, et elle put contempler le soleil qui sombrait dans un incendie pourpre. Éblouie par tant de beauté, Yolanda demeura immobile à regarder le ciel, comme si son être entier allait quitter la terre pour se perdre dans son immensité.

C'est alors qu'une voix traînante et quelque peu ironique la fit sursauter.

— Êtes-vous en train de communiquer avec la nature ou plus prosaïquement, attendez-vous quelqu'un ?

Yolanda se retourna et s'aperçut que le duc s'était approché sans qu'elle ne l'entende. L'espace d'un instant, elle resta là, à le dévisager, le trouvant d'une élégance presque déplacée dans ce jardin à l'abandon. Puis, brusquement rappelée à la réalité, elle s'inclina vivement en une petite révérence.

— J'admirais le coucher de soleil, monseigneur.

Elle avait appris qu'en France les servantes des ducs devaient utiliser ce titre honorifique plus couramment réservé aux princes des familles souveraines ou aux prélats de l'Église.

— Mlle Dupré m'a dit que vous lui donniez satisfaction. C'est une chance que vous ayez été libre.

— Pour moi aussi, monseigneur, car je voyage jusqu'à Paris beaucoup plus confortablement que je n'aurais pu le faire.

— Vous habitez Paris ?

— Non, mais... c'est là que mon fr... mon mari et moi désirons nous rendre.

Sa stupide maladresse lui avait fait venir le rose aux joues.

— Êtes-vous mariée depuis longtemps ? s'enquit le duc.

— Non, monseigneur.

— Et êtes-vous amoureuse, ou bien votre dot a-t-elle séduit votre mari plus que vos charmes ?

Tout d'abord, Yolanda ne comprit rien à sa question. Puis elle se souvint que les mariages français étaient souvent affaire de convenances, même dans les classes populaires et que la dot d'une femme pesait lourd dans les décisions. Revenue de sa surprise, elle estima qu'il ne manquait pas d'impertinence pour lui poser de telles questions ! C'est avec une pointe de défi qu'elle lui répondit :

— Je n'aurais jamais épousé personne, monseigneur, si ce n'est par amour.

— Vous avez de la chance de pouvoir être idéaliste.

Elle crut qu'il se moquait d'elle.

— Tout le monde a besoin d'un idéal.

— Vous pensez cela parce que vous êtes jeune. Avec l'âge, vous constaterez que l'idéalisme fait rarement bon ménage avec l'ambition ou la réussite.

— Voilà pourquoi tant d'hommes se compromettent, particulièrement ceux qui gouvernent un pays.

Elle pensait aux privations supportées par les Anglais à cause de la guerre, à ces hommes démobilisés, une fois la paix rétablie, que l'on n'avait même pas récompensés, à ces blessés qui se retrouvaient sans aucun dédommagement.

— Serait-il possible que vous critiquiez votre tout-puissant Napoléon Bonaparte ? s'étonna le duc.

Prenant brusquement conscience qu'elle venait de se trahir, avançant des opinions anglaises, alors qu'elle était censée être française, Yolanda resta sans voix. Puis elle se remémora les atrocités commises par les Français dans les pays d'Europe qu'ils avaient conquis ; elle songea aux vies brisées et aux larmes de tous ces laissés-pour-compte.

— Toutes les guerres sont cruelles et bien souvent inutiles, dit-elle avec passion. Pour finir, personne ne gagne, sinon la mort.

Elle oubliait qu'elle parlait au duc. Comme il ne répondait pas, elle prit subitement conscience qu'elle venait d'outrepasser son rôle d'humble servante pour s'entretenir avec lui d'égal à égal.

Et si elle avait mis sa position et celle de Peter en danger ?

— Pardonnez-moi, monseigneur. Je n'aurais pas dû m'ouvrir à vous de ma... façon de penser, qui ne peut en aucun cas vous intéresser. Si vous le permettez, je vais rentrer à l'auberge.

Elle s'inclina et se serait éloignée si le duc ne s'était interposé.

— Rien ne vous presse, et... détrompez-vous, mais j'aimerais comprendre, au contraire, ce qui motive vos opinions, et comment vous pouvez manier le français avec tant de virtuosité en vivant en Angleterre.

— Je suis française, monseigneur.

— Et d'après votre façon de vous exprimer, parisienne.

Le duc était plus perspicace qu'elle ne le soupçonnait, et elle se reprocha de n'avoir pas employé un parler plus familier. Elle pensa néanmoins qu'elle parviendrait bien à se justifier. Mieux vaut se taire que parler à tort et à travers, songea-t-elle.

— Qui serviez-vous donc en Angleterre ? s'enquit le duc, l'empêchant de réitérer son désir de regagner l'auberge.

— Lady Tiverton, monseigneur.

— Tiverton... Je suppose que je devrais connaître ce nom.

— Je ne crois pas, monseigneur. Les Tiverton mènent une vie retirée à la campagne et se rendent rarement à Londres.

— Vous aimiez être chez eux ?

— Oui, monseigneur.

— Cela me paraît étrange que, pendant la guerre, ils aient employé des serviteurs français. A moins, bien sûr, que vous ne soyez de ces émigrés qui quittèrent la France pendant la Révolution ?

Yolanda calcula à toute vitesse si son âge et les dates correspondaient.

— C'est cela, monseigneur. Mon père et ma mère se rendirent tout d'abord à l'ambassade de France. Ensuite, ils travaillèrent chez une famille d'aristocrates qui échappa à la guillotine.

— Ainsi, vous voyez votre pays pour la première fois depuis très longtemps.

— Oui, monseigneur.

— Et, après avoir vécu si longtemps en Angleterre, où vont vos sympathies ? A la terre qui vous donna asile ou à celle qui vous vit naître ?

Il y eut un silence, pendant lequel elle réfléchit.

— A vrai dire, je suis un peu... partagée. C'est un choix douloureux, sur lequel je ne me sens pas en mesure de me prononcer, pour l'instant.

— Je vous comprends, et j'espère que vous ne serez pas déçue par la France.

Quelque chose, dans sa façon de parler, incita Yolanda à lever la tête. Et leurs regards se rencontrèrent.

Une nonchalance tranquille flottait dans les yeux du duc et imprégnait sa voix, la rendant presque distante...

Tout à coup, sans bien savoir pourquoi, elle comprit que Peter avait raison quand il lui recommandait d'éviter cet homme. Un homme dont la présence impérieuse la troublait intensément. Son émotion était telle qu'elle se crut en danger et prit peur :

— Monseigneur, je... je viens de penser que... Vous êtes là, et... (Ses propos devenaient incohérents.) Mademoiselle me cherche peut-être... Je dois la rejoindre !

Elle s'inclina vivement et s'en fut en courant vers l'hôtel qui lui apparut comme un havre où elle se hâta de se réfugier.

Le cœur battant la chamade, elle monta l'escalier en songeant que le duc avait une personnalité encore plus irrésistible et dominatrice qu'elle ne l'imaginait.

Je dois obéir à Peter, et fuir cet homme, se gourmanda-t-elle.

Ils atteignirent Paris la nuit suivante. Contrairement aux prévisions de Yolanda, ils ne descendirent pas dans un hôtel, mais dans une superbe demeure ayant autrefois appartenu à des aristocrates français. Elle avait été réquisitionnée par le nouveau gouvernement, et mise à la disposition du duc par Bonaparte en personne.

L'appartement de Mlle Dupré donnait sur un jardin admirablement entretenu. Yolanda s'étonna que l'actrice s'y installât plutôt que dans sa propre maison, située dans le quartier de Paris le plus à la mode.

Quand elle avait confié cette remarque à Peter, il s'était mis à rire.

— Mlle Dupré sait parfaitement où se trouve son intérêt, répliqua-t-il. Elle sait aussi que le prestige du duc rejaillit sur elle : elle a donc tout à gagner en restant près de lui.

Il eut l'impression qu'elle ne le suivait pas très bien, aussi ajouta-t-il :

— Bonaparte tient à soigner son image et l'Angleterre a été la première nation à le reconnaître. Il paraît qu'il déploie tout son charme pour séduire ses visiteurs anglais. Il a fasciné lord Aberdeen, et lord Boringdon en est presque devenu profrançais !

— J'ai du mal à croire que le tyran responsable de la mort de tant d'innocents se soit brusquement métamorphosé.

Peter haussa les épaules.

— En tout cas, la paix est maintenant rétablie, Dieu merci ! Et puis la politique ne m'intéresse pas. J'ai assez de problèmes personnels à résoudre.

— Maintenant que nous sommes à Paris, comment allons-nous nous y prendre pour retrouver notre famille ? demanda Yolanda après s'être assurée qu'ils étaient bien à l'abri des oreilles indiscrètes.

— Je me le demande, fit Peter. Et ma tenue d'écuyer ne facilite pas les choses... Je ferais mieux de remettre mes vêtements et de me présenter aux Tuileries. Je suis sûr que Bonaparte sera enchanté de rencontrer Sir Peter Tiverton.

— Oh, non ! Ne sois pas si pressé. Nous ne pouvons abandonner cet emploi avant d'être sûrs d'avoir un toit.

— Parle pour toi ! Au moins, tu peux discuter avec ta séduisante maîtresse. Moi, je ne supporte plus la conversation des domestiques. Et puis, à part Hawkins, tous les Anglais retournent au yacht dès demain.

— Pourquoi ?

— Parce que, avec les Français, ils s'entendent comme chien et chat. Si tu savais à quel point les écuyers peuvent être grossiers, quand ils ne sont pas en service ! On croirait que la guerre a éclaté à nouveau.

Yolanda ne put s'empêcher de rire. Elle n'ignorait pas que les préjugés avaient la vie dure dans les classes laborieuses, même si la paix avait été signée entre les deux pays et les Anglais appartenant au peuple détestaient toujours leurs semblables d'outre-Manche. Ils n'avaient pas accepté de baisser les armes.

— Heureusement que nous passons pour des Français ! souligna Peter au bout d'un moment.

— Ils sont prêts à nous garder ?

— Ils trouvent que je monte plutôt bien, avoua-t-il, non sans une certaine fierté.

— Bien sûr que tu montes bien ! Mais n'oublie pas, si tu quittes le duc, c'est à pied que tu devras marcher !

— Bon, j'ai compris ! s'irrita-t-il. Je sais, je me suis conduit comme un idiot en me faisant détrousser, mais ne te crois pas obligée de me le rappeler !

— Ce n'était pas du tout mon intention ! Je voulais simplement dire que nous devions rester prudents, et ne pas brûler les étapes. J'ai peur que Gabrielle Dupré ne veuille se dispenser de mes services, maintenant qu'elle peut trouver sans problème une femme de chambre expérimentée.

— Elle l'a laissé entendre ?

— Non, mais pour elle, la moindre petite erreur devient une faute grave et elle est capable de me chasser du jour au lendemain !

— Bon, ne t'inquiète pas, je n'agirai pas à la légère, mais j'en ai tellement assez de jouer les laquais !

Certes, pour lui qui aimait tant sortir, c'était une rude épreuve de ne pouvoir profiter des fastes parisiens en se rendant aux bals et aux soirées mondaines.

Ils avaient bien été payés de leur première semaine de travail, mais cela représentait peu. Yolanda s'était empressée de mettre ses gages de côté car, dans le dénuement et l'incertitude où ils se trouvaient, chaque centime comptait.

Depuis leur arrivée, elle avait remarqué que le duc ne cessait d'être invité dans les plus hautes sphères. Le Premier Consul lui-même le conviait. Dans ces dîners, il n'emmenait pas Mlle Dupré qui bien entendu, fulminait.

— Pourquoi suis-je tenue à l'écart ? s'emporta-t-elle lorsque le duc sortit pour la deuxième fois sans elle.

Yolanda dut à nouveau supporter ses cris.

— Qu'était donc Mme Bonaparte avant son mariage, sinon une femme légère qui ne cessait de tromper son mari ? vociférait-elle. Je vais lui montrer, au duc, que je ne suis pas seulement un divertissement ! Il apprendra que je peux aussi user de mon pouvoir, si je le décide !

Elle se calma un instant, avant de reprendre :

— Donnez-moi mon écritoire. Vite ! Tout de suite !

Yolanda se hâta d'apporter tout le nécessaire sur la table de sa maîtresse, sans oser lui faire remarquer qu'un superbe secrétaire en marqueterie était à sa disposition dans la pièce contiguë.

Après avoir passé un long moment à rédiger sa lettre, Gabrielle Dupré la cacheta et la tendit à sa servante.

— Occupez-vous de faire parvenir cela au ministère sans délai. Vous préciserez au laquais que j'exige une réponse immédiate !

Quand Yolanda fut sortie, elle lut le nom du destinataire, grossièrement manuscrit :

M. Joseph Fouché

Quelqu'un d'important, sans doute, pensa la jeune fille, d'autant plus inquiète que les propos venimeux de l'actrice l'avaient rendue mal à l'aise.

Quand elle donna la missive au majordome, il parut surpris de voir à qui Mlle Dupré écrivait, mais il répondit respectueusement à Yolanda :

— Vous direz à Mademoiselle que ses ordres sont transmis.

Yolanda rejoignit sa maîtresse en redoutant la soirée qui l'attendait. Tout d'abord parce qu'elle ne pourrait retrouver Peter. Elle ne devait pas quitter la chambre quand l'actrice dînait seule dans son salon. Et puis, elle craignait de nouveaux éclats.

Pourtant, Gabrielle la surprit en décidant de s'habiller. Elle revêtit l'une de ses robes les plus sophistiquées, de celles que Yolanda passait des heures, ensuite, à aplatir, afin de parvenir à la suspendre dans la garde-robe.

Puis elle se laissa coiffer et arriva le moment délicat du choix des bijoux. Nouvelle surprise, l'actrice n'hésita que quelques secondes :

— Mes émeraudes ! s'écria-t-elle. Donnez-moi mes émeraudes.

Yolanda venait de ranger l'écrin quand on frappa à la porte. Elle ouvrit à une servante qui lui dit :

— M. Joseph Fouché remercie mademoiselle pour sa très aimable invitation et lui fait savoir qu'il sera là à neuf heures.

Yolanda n'eut pas besoin de transmettre le message. Gabrielle, qui avait entendu, se mit aussitôt à battre des mains :

— Il vient ! s'exclama-t-elle, ravie. C'est parfait. Faites dire au chef de cuisine que je veux un dîner — un excellent dîner — à neuf heures, dans mon boudoir. Qu'il choisisse les meilleurs vins.

— Tout de suite, mademoiselle.

Elle allait ouvrir la porte lorsqu'un nouvel ordre péremptoire l'arrêta :

— Une minute !

Yolanda se retourna ;

— Vous direz au majordome que si jamais quelqu'un osait parler de mon visiteur, ne serait-ce que murmurer son nom, il serait chassé sur-le-champ. Et cela s'adresse aussi à vous. Suis-je assez claire ?

— Très claire, mademoiselle.

Elle s'empressa de descendre transmettre les ordres tout en songeant que ce M. Fouché était probablement un nouvel admirateur. Il lui paraissait inconcevable que Mlle Dupré pût recevoir un autre homme dans la maison du duc.

Comme sa mère aurait été choquée de voir sa fille côtoyer une comédienne !

Je sais que je ne suis pas à ma place, maman, murmura-t-elle intérieurement, mais, au moins, Peter et moi avons pu gagner Paris sans avoir à mendier. Et même s'il grogne, Peter mange à sa faim et il a des chevaux à monter...

Depuis leur arrivée dans la capitale, elle

n'avait pas revu le duc. C'est à peine s'ils avaient échangé un regard furtif.

D'après Gabrielle Dupré, c'était un homme fort généreux. Il la couvrait d'ailleurs de cadeaux et paierait vraisemblablement toutes les nouvelles toilettes qu'elle venait de commander... La veille, il lui avait offert un somptueux bracelet dont le prix aurait permis à Yolanda et Peter de vivre gentiment pendant un an !

Comment pouvait-on se montrer aussi ingrate envers un homme aussi bienveillant ? se demandait la jeune fille en remontant.

La chambre de Gabrielle Dupré était vide, le boudoir aussi... Où se trouvait-elle donc ?

Yolanda s'aperçut alors que la porte donnant accès aux appartements du duc était entrouverte. Sans réfléchir, elle pénétra dans la pièce : une chambre imposante, meublée d'un immense lit à baldaquin tendu de soie rouge.

L'actrice était bien là, lui tournant le dos. Yolanda s'apprêtait à lui dire que ses ordres étaient transmis quand elle s'arrêta net. Sa maîtresse, debout devant un petit bureau accolé au mur, ouvrait un tiroir... Elle en sortit un document qu'elle parcourut du regard avant de le remettre en place. Puis elle ouvrit un second tiroir...

Comment osait-elle lire les papiers personnels du duc ? se demanda Yolanda, atterrée.

L'actrice essayait d'ouvrir un troisième tiroir, mais il était fermé à clé. Agacée, elle insista en tentant de le forcer. Comme il ne cédait pas, elle eut un soupir d'exaspération.

C'est alors que Yolanda se rendit compte qu'elle était ni plus ni moins en train de l'espionner. Sans un bruit, elle regagna le boudoir et, de là, interpella l'actrice.

— Mademoiselle ?... Où êtes-vous ?

Un instant s'écoula, et Mlle Dupré apparut dans l'embrasure de la porte.

— Que voulez-vous ? s'enquit-elle tranquillement.

— Simplement vous dire que j'ai passé commande pour le dîner.

— Je l'espère bien !

— Désirez-vous autre chose, mademoiselle ?

La jeune femme hésita :

— Oui, apportez-moi un couteau ou une paire de ciseaux, fit-elle enfin. Non, j'ai une meilleure idée ! se reprit-elle. Donnez-moi toutes les clés de mes malles. Toutes !

— Bien, mademoiselle.

Yolanda alla chercher ce qu'on lui demandait et rejoignit Mlle Dupré. Debout au centre du boudoir, celle-ci tapait impatiemment du pied. Elle prit vivement le jeu de clés que Yolanda lui tendait :

— Vous pouvez vous retirer. Je n'aurai pas besoin de vous pendant au moins trois heures. Compris ?

— Oui, mademoiselle. Et merci beaucoup. Je vais aller dîner.

— C'est cela, allez dîner. Et... à moins que je ne vous envoie chercher, ne reparaissez pas avant dix heures et demie, ajouta-t-elle en regardant la pendule.

Sans doute calculait-elle le temps dont elle disposait avant le retour du duc.

Yolanda s'empressa de gagner l'office. A son grand soulagement, Peter s'y trouvait, seul.

— Ô Peter ! Tu es là ! Je voulais tellement te voir ! s'exclama-t-elle.

— Que t'arrive-t-il ? Tu as l'air bouleversée.

Ne sachant par où commencer, Yolanda hésita :

— Je... C'est sans doute stupide de ma part, mais je suis choquée. Mlle Dupré ne supporte pas que le duc sorte sans elle et elle a invité un autre homme !

— Ce n'est pas surprenant. Elle est tellement célèbre. Qui ne serait pas enchanté de dîner avec elle en tête à tête ?

— Oui, mais elle a dit que quiconque s'aviserait d'en parler serait chassé sur-le-champ.

— Évidemment ! Elle n'a aucune envie de perdre le duc ! Les hommes aussi riches et puissants que lui ne courent pas les rues.

— Alors pourquoi se conduit-elle ainsi ? Ce n'est ni très habile ni très convenable.

Peter se mit à rire.

— On ne demande pas à ce genre de femmes d'être convenables. Tu ne les connais pas, bien sûr, mais elles n'en ont jamais assez.

— Je veux bien te croire ! fit-elle, en pensant à l'énorme coffret de bijoux.

— Et... qui a l'honneur insigne de dîner avec elle, ce soir ?

— Joseph Fouché. Ce nom te dit quelque chose ?

Incrédule, Peter ouvrit de grands yeux.

— Tu en es sûre ? Il s'agit bien de Joseph Fouché ?

— Évidemment ! C'est moi qui ai remis la lettre au majordome.

— Ça alors ! Que peut-elle bien lui vouloir ? se demanda Peter, presque pour lui-même.

— J'imagine qu'elle veut rendre le duc jaloux, mais je me demande comment elle va s'y prendre, puisque cela doit rester secret.

— Tu n'y es pas du tout. Fouché n'est pas un de ses admirateurs.

— Alors... qui est-ce ?

— L'homme le plus redoutable de Paris !

— Redoutable ? Que veux-tu dire ?

— C'est le ministre de la Police, la terreur de tous ceux qui ont quelque chose à cacher...

4

Ce soir-là, Mlle Dupré s'apprêta pour dîner avec une impatience inhabituelle.

Toute la journée, elle avait été d'humeur maussade, se changeant une douzaine de fois avant de réussir à choisir une robe pour sa promenade au bois. Elle laissa d'ailleurs un tel désordre dans ses appartements que Yolanda n'eut pas une minute à elle.

De cinq à sept heureusement l'actrice retrouvait des dispositions plus sereines. Elle se retirait dans son boudoir pour se reposer ou pour recevoir certaines visites. Au début, Yolanda crut qu'elle en profitait pour voir le duc, mais elle découvrit peu à peu qu'il se montrait plutôt réservé dans ses relations avec la jeune femme.

Elle ne comprenait plus très bien pourquoi Ilkeston l'avait invitée chez lui. Elle supposa tout d'abord que, la maison étant vaste, il avait tenu à y héberger cette femme qu'il trouvait belle et dont il appréciait la conversation. Puis elle en vint à se demander comment le duc pouvait aimer la compagnie d'une personne manquant totalement d'éducation et somme toute peu cultivée, si jolie fût-elle.

— Le duc voit ses amis, ce soir, je verrai donc les miens, avait décrété Gabrielle avec dépit.

Elle n'était visiblement pas acceptée dans la société où évoluait le duc, et le prenait comme une offense. Les actrices n'étaient toujours pas admises aux Tuileries, pas plus que dans les réunions ou les soirées données par ceux qui constituaient le Tout-Paris.

Sans en avoir la certitude, Yolanda supposait que ces dîners où le duc se rendait seul avaient un caractère politique. Il lui semblait, en effet, trop sérieux pour aimer se divertir, ou danser dans des soirées tapageuses comme celles qui étaient organisées à Londres par ceux qu'on appelaient les « Beaux » et où Peter, au contraire, s'amusait comme un fou.

Mais peut-être se trompait-elle, après tout. Il lui était difficile de se faire une opinion sur le duc, car jamais elle n'avait côtoyé un homme comme lui, jusqu'alors.

En tout cas, il y avait une chose qu'elle condamnait sans l'ombre d'une hésitation : c'était l'attitude de cette femme qu'il hébergeait et qu'il traitait si généreusement. En guise de reconnaissance, non seulement elle entretenait des relations secrètes avec le ministre de la Police, mais elle fouillait dans les papiers de son hôte et forçait les tiroirs de son bureau !

Compte tenu de la bonne humeur manifestée par l'actrice lorsqu'elle s'était mise au lit, le soir de ce fameux dîner avec Fouché, on pouvait penser que tout s'était déroulé selon ses vœux.

Yolanda avait beau se répéter que tout cela ne la regardait pas, elle ne pouvait s'empêcher de se sentir choquée.

Ce soir-là, donc, Gabrielle lui annonça des projets d'un ordre tout différent.

— Je vais dîner avec le directeur du Théâtre des Variétés, lui confia-t-elle. Il tient à ce que je fasse une entrée remarquée au début du mois prochain, et je veux lui dire quel succès fracassant j'ai rencontré à Londres.

— J'ai appris que vous jouiez à guichets fermés, au King's Theatre, mademoiselle, fit Yolanda sur un ton qu'elle s'efforça de rendre admiratif.

— C'est vrai. Et cela m'a rapporté beaucoup d'argent.

Elle prit un air extasié avant d'ajouter avec un soupir :

— Hélas ! L'argent n'est pas éternel, on n'en a jamais assez !

La jeune fille préféra se taire car elle pensait à l'incroyable collection de bijoux de l'actrice...

— Oui, j'ai besoin d'argent, continuait Mlle Dupré comme pour elle-même. Et ils devront y mettre le prix, ceux qui auront le privilège de venir me voir au Théâtre des Variétés.

Vêtue de l'une de ses robes les plus outrageusement sophistiquées et couverte de somptueux joyaux, l'actrice quitta la maison, laissant dans son sillage les effluves exotiques de son parfum.

Yolanda se mit à ranger la chambre, un peu triste de n'avoir aucun projet pour la soirée.

La veille, Peter était sorti avec les écuyers français. Il s'était beaucoup dépensé dans les bals en plein air où les petites gens allaient s'amuser, dès qu'il faisait chaud. Peter avait dansé jusqu'à épuisement et il avait avoué à Yolanda qu'il trouvait les Françaises beaucoup plus plaisantes que les Anglaises.

— Je suis contente pour toi, avait répondu Yolanda, en regrettant de ne pouvoir l'accompagner.

Elle aurait tant aimé découvrir Paris, mais pour l'instant, elle n'avait pu quitter la maison, ne serait-ce que pour aller au Louvre, qu'elle aurait souhaité visiter.

Comme Peter lui avait formellement interdit de s'aventurer seule dans la capitale, elle avait proposé aux autres servantes de l'accompagner. Malheureusement, elles étaient toutes mariées et n'avaient aucune envie de s'encombrer de sa présence lorsqu'elles sortaient avec leur époux.

Il ne lui fallut pas longtemps pour comprendre que si elle n'avait pas été aussi jolie, elle ne se serait pas heurtée à tant de refus. Elle n'allait tout de même pas quitter Paris sans en avoir vu autre chose que ce qu'elle apercevait des fenêtres !

Bien sûr, Peter n'avait pas tort de lui interdire de se risquer seule dans une ville étrangère, mais elle se sentit bien abandonnée quand il la laissa à nouveau, après un dîner rapide.

Et puis, elle s'inquiétait.

Il l'avait persuadée, malgré ses réticences, de lui donner une de leurs six guinées, qu'elle gardait précieusement, en cas de nécessité absolue.

— Qu'as-tu fait de tes gages ? lui avait-elle demandé.

— J'ai dû payer ma part, hier soir ! Je ne pouvais tout de même pas me faire inviter par les autres, ils sont aussi pauvres que moi !

— Mais Peter, nous devons économiser ! Imagine que nous perdions notre emploi, demain !

— Oh, nous nous débrouillerons ! Nous sommes bien arrivés jusqu'ici sans dépenser un sou !

— Nous avons eu beaucoup de chance ! Mais elle pourrait tourner... nous devons garder la tête sur les épaules.

— J'en ai assez de me considérer comme un domestique et de perdre mon temps à panser des chevaux au lieu d'aller m'amuser ! s'était-il rebellé.

Yolanda le comprenait d'autant plus qu'elle ressentait les mêmes frustrations. Elle lui avait donné la guinée mais ne se laissa pas fléchir quand il en réclama une seconde.

Même dans sa livrée, Peter ne perdait rien de son élégance et de son allant. Ses sorties mouvementées avec ses amis, les femmes et les plaisirs londoniens lui manquaient cruellement.

— Ne rentre pas trop tard, lui dit Yolanda qui craignait toujours qu'il ne s'attirât des ennuis, lors de ses escapades nocturnes.

— J'espère bien ne pas rentrer avant l'aube ! se récria-t-il. Qui aurait envie de dormir quand il y a autant de choses passionnantes à faire ?

Depuis qu'ils avaient quitté l'Angleterre, c'était la première fois qu'il reprenait ainsi goût à la vie, et elle ne put s'empêcher de soupirer à nouveau en le regardant s'éloigner, plus attirant que jamais sous son chapeau à cocarde.

Restée seule, elle se trouva bien désœuvrée. Les autres domestiques étaient tous en bas, à l'office, hormis un laquais qui montait la garde, dans l'entrée. La maison était silencieuse. Yolanda décida d'en profiter pour lire et partit à la recherche de la bibliothèque. Une demeure aussi grande et bien meublée ne pouvait manquer d'en être pourvue.

Afin de ne pas être vue par le valet de chambre, elle emprunta l'escalier de service et descendit. Elle découvrit plusieurs salons spacieux et magnifiquement décorés avant de trouver ce qu'elle cherchait.

La pièce donnait sur le jardin. En regardant les livres, soigneusement rangés dans des meubles vitrés, elle s'aperçut qu'ils comptaient beaucoup d'auteurs parmi ceux qu'elle avait justement envie de lire.

Le choix s'avéra difficile et elle resta longtemps à hésiter, feuilletant plusieurs ouvrages. Ils étaient tous reliés dans un cuir très doux au toucher et elle songea que la personne qui les avait rassemblés devait être particulièrement cultivée. Peut-être avait-elle été guillotinée, comme tant d'aristocrates ? Peut-être aussi vivait-elle très loin de là, dans la misère, tandis que ceux qui avaient mis la France à feu et à sang sous la Révolution avaient saisi ses biens ?

Elle regrettait de n'avoir vu Paris avant la Révolution, de ne pas avoir connu les fastes de la cour, Marie-Antoinette et ses suivantes, et le roi, entouré des plus illustres personnages. Elle ne connaissait pas Bonaparte mais elle se demandait s'il saurait recréer une France aussi romantique qu'elle l'avait été, par le passé.

Dans un autre meuble, elle découvrit les œuvres de Voltaire et un exemplaire de *Paul et Virginie*. Puis son choix s'arrêta sur le vaste poème du Tasse : *La Jérusalem délivrée*. Elle lut les premières lignes mais, emportée par la beauté de l'écriture, elle ne tarda pas à perdre la notion du temps.

Sans même s'en rendre compte, elle se retrouva assise près de la fenêtre, à la douce lumière du soir. Elle était tellement absorbée dans sa lecture qu'elle n'entendit pas la porte de la bibliothèque s'ouvrir.

Ce ne fut pas un bruit qui l'alerta, mais l'impression soudain étrange d'une présence dans la pièce. Elle leva la tête.

Le duc se tenait devant elle. Il posait sur elle son regard indéchiffrable qui la troublait tant.

Elle bondit sur ses pieds.

— Excusez-moi, monseigneur. Je sais que je ne devrais pas être là mais... je cherchais un livre et je...

— Et vous avez fait votre choix ?

Il parcourut la pièce des yeux ; elle s'aperçut tout à coup qu'elle avait laissé les portes des différents meubles ouvertes. Sur une table étaient posés les livres de Voltaire qu'elle projetait de monter dans sa chambre.

— Ma conduite est... tout à fait déplacée... balbutia-t-elle.

Il avança vers elle.

— Montrez-moi donc ce qui vous captive à ce point, dit-il.

Et elle lui tendit *La Jérusalem délivrée*. Il parut surpris.

— Vous aimez ?

— Oui, monseigneur.

— Aviez-vous déjà lu le Tasse ?

— Je n'en avais jamais eu l'occasion.

— Mais vous aviez entendu parler de lui ?

— Bien sûr, monseigneur.

— Vous m'étonnez. La plupart des femmes ne s'intéressent pas à des choses aussi sérieuses.

S'il pensait à des femmes comme Gabrielle Dupré, évidemment... Mais Yolanda se garda bien d'exprimer ses réflexions à voix haute.

Le livre dans ses mains, le duc observait attentivement la jeune fille.

— Pourquoi êtes-vous seule ici ? s'enquit-il. Je suppose que votre mari est sorti se distraire ?

— Il était tellement impatient de voir Paris, monseigneur.

A son expression, elle comprit qu'il devinait très bien quelle facette de Paris Peter tenait tant à découvrir...

— Et vous, n'êtes-vous pas curieuse ?

Elle crut discerner du mépris dans sa voix, aussi ne déguisa-t-elle pas sa réponse.

— Je suis très curieuse, en vérité. J'aimerais voir Paris, mais l'occasion ne s'est pas présentée.

— Tiens ?

— Je suis très occupée, monseigneur, et Pierre m'a défendu de sortir seule.

— C'est son droit, mais je m'étonne qu'il ne vous ait pas emmenée avec lui.

Yolanda eut l'impression qu'il cherchait à la provoquer. Comme elle ne répondait pas, il reprit, presque pour lui-même :

— C'est son droit. Les lieux où il se rend ne vous plairaient probablement pas. Peut-être même vous choqueraient-ils...

— Je suis très heureuse de rester là, dès l'instant où je peux lire...

La jeune fille aurait été accablée que le duc lui interdise de toucher aux livres. Il dut le deviner, car il répliqua en lui rendant *La Jérusalem délivrée* :

— Vous pouvez lire autant que vous le désirez, ne vous inquiétez pas.

— Oh, merci, monseigneur ! fit-elle, soulagée. Vous êtes très bon. Il y a tellement de livres ici que je m'en réjouis d'avance.

— Il est tout de même dommage que vous ne visitiez pas Paris...

Yolanda se tourna vers le jardin. Le jour déclinait mais à travers les arbres, les rayons rougeoyants du soleil jouaient entre les branches.

— J'ai une suggestion à vous faire, dit le duc.

Dans le regard que Yolanda posa sur lui, dansaient les reflets vacillants des flammes du crépuscule.

— Je suis rentré plus tôt que prévu. Si vous voulez, je vous emmène à Paris, dans mon cabriolet.

Stupéfaite, elle crut avoir mal entendu.

— Nous suivrons les berges de la Seine et nous passerons devant le Louvre et Notre-Dame. C'est ce que l'on aime voir en premier, généralement.

Il s'exprimait avec tant de détachement que les craintes qu'il inspirait à la jeune fille furent balayées. A tel point qu'elle eut envie d'accepter... Elle rêvait depuis si longtemps d'admirer Paris, et la nuit, ce devait être un véritable enchantement... Pourtant, elle hésitait encore.

— Je crois que je... que je devrais refuser votre invitation.

— Votre mari est bien sorti, lui. Il est tout à fait normal que vous ayez envie de vous distraire, vous aussi. Et puis, pourquoi le saurait-il, après tout ?

Yolanda faillit lui répondre qu'elle était franche avec Peter, puis elle se souvint qu'il n'était pas censé être son frère et qu'envers un époux elle aurait peut-être réagi différemment...

— Si cela peut vous aider, n'oubliez pas que je suis votre employeur et qu'en tant que tel je suis en droit de vous ordonner de m'accompagner.

— Ce qui m'éviterait de me sentir coupable... enchaîna-t-elle sans pouvoir s'empêcher de sourire.

— Très bien, conclut le duc. Allez chercher un châle pendant que je fais avancer la voiture.

Elle lui jeta un regard rayonnant, plus éloquent que tous les mots, puis elle courut jusqu'à sa chambre. Lançant son livre sur le lit, elle se hâta d'arranger ses cheveux devant le miroir. Puis elle considéra la robe de mousseline blanche, à peine agrémentée de quelques rubans bleus, qu'elle revêtait le soir, à la place de la tenue de batiste bleue et du tablier blanc bordé de dentelle qu'elle portait pour servir Mlle Dupré, dans la journée... Elle en conclut qu'elle ne ferait pas une compagne digne de la prestance et de la majesté du duc, mais elle n'avait pas le choix.

Elle pensa aussi que Peter, qui avait insisté pour qu'elle évitât le duc, n'approuverait pas cette sortie... Mais avait-elle le choix ? Elle ne se trouvait pas en position de refuser une telle invitation et puis comme il le lui avait suggéré, on ne contrariait pas son employeur, au risque de perdre sa place.

De toute façon, les dés étaient jetés, à présent... Elle prit son châle et rejoignit le duc qui l'attendait dans le vestibule.

Quand elle le vit dans sa cape de soirée bordée de satin, elle songea que même si elle avait été Yolanda Tiverton, ce moment eût été exceptionnel. Mais était-ce bien raisonnable d'aller se promener seule avec lui ? Et pourquoi pas ? Qui le saurait ? Et si cela était, qui s'en soucierait ? Peter et elle étaient devenus des proscrits, des exilés. Ils ne comptaient plus dans la société à laquelle ils appartenaient, jadis. Elle n'était pas tenue de se plier à certaines règles puisqu'elle n'avait pas fait son entrée dans le monde. Non, elle n'était pas allée s'incliner à Buckingham Palace et sans doute n'irait-elle jamais...

En s'arrêtant aux côtés du duc, elle se dit qu'après tout mieux valait prendre un peu de bon temps, dans la vie.

Il l'avait observée avec attention, tandis qu'elle descendait l'escalier. Son visage exprimait cette sorte de langueur cynique qui lui était coutumière et il était impossible de savoir s'il appréciait ou non le tableau qu'elle offrait.

Une voiture tirée par deux chevaux les attendait. La capote était baissée. Quand Yolanda eut pris place, le duc la rejoignit et le valet de pied leur mit une couverture sur les genoux avant de s'installer près du cocher.

Puis ils partirent, et une onde d'excitation parcourut la jeune fille à l'idée de ce qui l'attendait.

Sous un ciel maintenant piqueté d'étoiles, ils longèrent la Seine dont les eaux sombres reflétaient les lumières des péniches.

— C'est exactement comme je l'imaginais ! s'exclama-t-elle.

Assise au bord de son siège afin de pouvoir se pencher un peu, elle ne voulait rien perdre du spectacle. Un peu en retrait, bien calé contre son dossier, le duc la contemplait sans qu'elle s'en doutât.

— Je suis content que vous ne soyez pas déçue, dit-il.

— Comment le serais-je ?

Ils suivirent longuement les berges du fleuve puis s'enfoncèrent dans les petites rues qui abritaient de vieilles maisons ventrues toutes chargées de mystère. Ils roulèrent ainsi en silence. Yolanda dévorait tout du regard, avec une curiosité insatiable.

— Nous allons nous arrêter, et nous souperons ensemble, annonça soudain le duc, ramenant brusquement Yolanda à la réalité.

Elle s'était évadée dans le Paris d'autrefois, celui des livres d'histoire et des rois de France.

— Sou... souper ? balbutia-t-elle.

— J'ai envie d'une coupe de champagne, déclara-t-il. Peut-être aurai-je ainsi une chance de vous parler et de supplanter l'attrait que cette ville semble exercer sur vous ?

— Excusez-moi, monseigneur. Je me suis montrée plutôt... distraite, en effet, mais tout cela est tellement nouveau, pour moi... C'est un peu comme si je revivais le passé et que je pouvais assister en spectatrice au déroulement de l'histoire.

— Personnellement le présent me suffit.

Etait-ce un compliment ? Elle n'en était pas sûre, tant il la déroutait avec sa façon de parler toujours plus ou moins ironique.

Il donna un ordre au cocher et la voiture s'engagea sur une voie plus large qui déboucha dans un quartier de Paris aéré, bordé de petits squares plantés d'arbres et de buissons. Les chevaux s'arrêtèrent dans l'un d'entre eux, devant un restaurant où l'on pouvait manger en terrasse.

Intriguée, Yolanda se laissa conduire à l'intérieur. L'émerveillement céda la place à l'étonnement.

Elle qui croyait que les restaurants étaient des endroits spacieux, brillamment éclairés et emplis de clients bruyants, se retrouva au contraire dans une pièce calme et intime. En fait, il y avait plusieurs cabinets où des tables étaient disposées devant des banquettes confortables, adossées aux murs ornés de miroirs ou de peintures représentant des fleurs ou des fruits.

C'était tellement joli que, lorsque Yolanda prit place sur la banquette de velours près du duc, elle continua d'admirer ce cadre enchanteur.

— Qu'aimeriez-vous manger ? demanda-t-il. Voulez-vous que je commande quelques spécialités de la maison ?

— Oh oui, je vous en prie, choisissez pour moi !

Il s'entretint avec le patron qui semblait

impressionné par son hôte de marque. Le serveur vint ensuite déboucher une bouteille de champagne et emplir leurs verres.

— J'ai l'impression, mais je me trompe peut-être, que c'est la première fois que vous dînez dans un restaurant.

— C'est la première fois, en effet.

En Angleterre, une jeune fille ou une lady n'allait pas dans un restaurant. Mais peut-être les domestiques s'y rendaient-ils ?... Elle l'ignorait.

Le duc but une gorgée de vin.

— Maintenant, parlez-moi de vous.

Yolanda secoua la tête.

— Je crains que... que cela ne soit guère intéressant. En revanche, si... si j'osais, j'aurais tant de choses à vous demander, monseigneur...

— Et pourquoi n'oseriez-vous pas ?

— Vous risqueriez de me trouver... impertinente.

— Je vous promets qu'il n'en sera rien. Mais je reste très curieux d'en savoir plus long sur vous.

— Pourquoi ? Je ne comprends pas...

— Parce que de toute évidence, vous n'êtes pas ce que vous semblez être.

Mal à l'aise, Yolanda lui répondit par une autre question :

— Si, comme vous me l'assurez, vous ne me trouvez pas impertinente, monseigneur... puis-je émettre une... suggestion ?

— Bien sûr. Je vous écoute.

— Eh bien, voilà, je... Vous savez, tout comme moi, que je... ne devrais pas être ici, ce soir, avec vous. Mais... la tentation de voir Paris a été la plus forte.

Le duc pinça imperceptiblement les lèvres.

— La plupart des femmes auraient dit qu'elles n'avaient pu résister à la tentation de passer une soirée avec moi...

— Monsieur le duc... je vous connais à peine...

— C'est vrai, reconnut-il gravement.

Une lueur amusée éclairait son regard.

— Continuez, dit-il.

— Oui, je voulais donc vous suggérer de... d'oublier que je suis une femme de chambre, et que vous êtes duc, le temps de ce souper. Nous pourrions feindre d'être des... amis, réunis pour un soir dans la plus belle ville du monde ?

Yolanda avait choisi ses mots. S'il acceptait, elle passerait sa première soirée agréable depuis longtemps. Elle pourrait enfin se détendre un peu, goûter à des mets délicieux. En outre, pour la première fois de sa vie, elle se trouvait seule avec un homme, et quel homme !... Cette pensée la fit rougir.

— C'est d'accord, admit le duc, après une pause. Vous allez commencer en me disant votre prénom.

— Yolanda, murmura-t-elle.

— Cela vous va bien. Alors, Yolanda, de quoi désirez-vous parler ?

— J'aimerais savoir, tout d'abord, comment

vous analysez exactement la situation politique en France, maintenant que vous êtes sur place.

Il ne s'attendait visiblement pas à une telle question.

— Voilà des préoccupations quelque peu étranges, pour une personne comme vous !

— Je croyais que vous deviez oublier qui j'étais ? L'attitude du Premier Consul envers l'Angleterre m'intéresse.

— Très bien. Je vous parlerai sans détour. J'ai l'impression qu'un immense abîme se creuse chaque jour davantage entre nos deux pays.

— Un abîme ?

— Oui. J'espère me tromper, mais je crains que la paix ne soit bien fragile.

— Oh, non !... La guerre ne va pas éclater à nouveau ! Bonaparte ne peut vouloir détruire ce qu'il vient tout juste de reconstruire ?

Si les hostilités reprenaient, Peter et elle devraient quitter la France. Et où iraient-ils ? Ils devraient non seulement fuir les Anglais mais ne pourraient trouver refuge auprès des Français et à supposer qu'ils puissent rester en France, Peter devrait s'engager dans l'armée napoléonienne !

Ses frayeurs durent se lire sur son visage car le duc lui dit doucement :

— L'idée que votre pays puisse se battre contre le mien semble vous perturber.

— Oh, oui, bien sûr ! Monseigneur, vous pourriez certainement intervenir pour maintenir la paix ?

— Vous me prêtez de trop grands pouvoirs. Je ne suis qu'un touriste en quête de divertissements.

Curieusement, elle n'en croyait rien.

— En Angleterre, vous êtes très puissant. Je ne peux admettre que les Anglais ne vous écoutent pas, même si les Français refusent de vous entendre.

— Comme la plupart de mes compatriotes, j'aimerais que l'équilibre des pouvoirs soit restauré en Europe.

— Et la seule façon d'y parvenir serait de renverser Bonaparte.

Dans le feu de la conversation, elle ne s'était pas rendu compte qu'elle avait haussé le ton. Elle vit le duc tourner vivement les yeux vers le seul autre couple présent dans la salle : un monsieur d'un certain âge accompagné d'une femme très sophistiquée. Apparemment, ils étaient plongés dans une conversation d'un tout autre ordre, plutôt intime...

— Malgré tout l'intérêt de ces questions, dit le duc en baissant la voix néanmoins, je pense que nous devrions parler d'autre chose, Yolanda.

— Oh, oui... je suis désolée. J'ai manqué de discrétion...

— Maintenant, c'est moi qui choisis mon thème. Je voudrais que vous me parliez de vos ancêtres.

— Mais je... ne vois pas en quoi...

— Vous êtes brune, comme beaucoup de Français. Vous maniez parfaitement leur langue mais... il y a autre chose en vous, qui m'intrigue et que je n'arrive pas à déceler.

— Vous ne devriez pas essayer, monseigneur. J'ai toujours entendu dire que les hommes... aimaient les femmes mystérieuses.

— Voilà enfin un propos bien féminin !

— Féminin ?

— Oui. Vous semblez vous appliquer à éviter soigneusement toute coquetterie, face aux hommes... et ce n'est pas très français !

Yolanda se mit à rire.

— Vous n'insinuez pas, monseigneur, que je devrais avoir l'audace d'essayer de vous séduire ?

Elle eut le sentiment d'avoir marqué un point... puis, comme le silence se prolongeait, elle craignit d'avoir manqué de pudeur, d'avoir été trop loin. Car en fait elle s'était laissé entraîner à badiner.

Yolanda n'avait aucune expérience des hommes, et encore moins d'hommes tels que le duc. Hormis les amis de son père et plus tard, ceux de Peter, qui avaient son âge, elle n'en avait guère côtoyé.

Le duc était différent : c'était un homme mûr, et même s'il n'avait pas été au faîte des honneurs, il aurait gardé cette personnalité imposante qui le caractérisait. Il lui faisait un peu peur, mais en même temps, elle ne pouvait s'empêcher de relever le défi qu'il semblait lui lancer en permanence.

Elle tenait à discuter avec lui, à lui prouver qu'elle était de taille à lui donner la réplique, à être considérée comme une égale, peut-être parce qu'il la prenait pour une servante...

Les Tiverton ne jouissaient pas de la puissance du duc d'Ilkeston, mais ils étaient une vieille famille, et une famille respectable. Ils appartenaient à l'aristocratie depuis des siècles et Yolanda savait que son père ne se serait incliné devant personne d'autre que le roi. Sa mère était très fière de ses ancêtres. Elle avait appris à sa fille que la véritable noblesse ne pouvait s'acquérir, et qu'elle devait marcher la tête haute. Toutes les richesses du monde ne remplaçaient jamais la naissance.

— Je suppose que vous savez à quel point vous êtes belle ? lui dit le duc d'une façon totalement inattendue.

Elle le regarda avec stupeur, croyant tout d'abord qu'il se moquait d'elle ou qu'il la taquinait.

Comparée à Gabrielle Dupré, elle se trouvait parfaitement insignifiante. Si elle avait un visage très fin, l'actrice, avec ses cheveux flamboyants et son teint vif, semblait tout droit sortie d'un tableau de Rubens.

— C'est vrai, enchaîna-t-il comme s'il devinait le cours de ses pensées, votre beauté est très particulière. Je n'avais encore jamais vu de cheveux noirs aux reflets bleutés ; vos yeux évoquent la couleur du ciel juste avant l'orage.

— Je... je me sens très flattée, monseigneur. Flattée et... gênée, à la fois. Jamais personne ne m'a dit de telles choses.

— Personne ? Vraiment ?

— Les Anglais s'y entendent mieux à complimenter leurs chevaux ! riposta-t-elle, pour chasser l'étrange émotion qu'il éveillait en elle.

Il rit de sa remarque, comme elle l'avait espéré.

— Je peux vous dire que les Français savent reconnaître ce qui est beau.

— Mais vous n'êtes pas français, monseigneur.

— Serais-je donc un Anglais exceptionnellement sensible ?

— Si c'est le cas, comme je le crois... permettez-moi de vous demander pourquoi vous semblez aussi désabusé, aussi las de tout ce qui vous entoure ?

— Peut-être parce que la vie m'ennuie, et que trop de désillusions m'ont amené à ne plus croire aux miracles.

— Vous êtes trop riche, vous obtenez tout trop facilement. A l'inverse, ceux qui n'ont rien, ceux qui ne savent pas ce que l'avenir leur réserve, se débattent dans l'inconnu, mais ils apprennent à apprécier ce qu'ils ont et savent se battre pour obtenir ce qu'ils veulent.

— Et vous, que voulez-vous ?

Sans doute attendait-il qu'elle exprime un désir purement matériel, qu'elle ait envie de bijoux, comme ceux qu'il donnait à Gabrielle Dupré... Elle s'aperçut soudain qu'il s'amusait et elle se tut.

— Je veux que vous répondiez à ma question, insista-t-il.

— Le sujet devient... trop sérieux, hésita-t-elle.

— Dois-je vous dire que je trouve notre discussion fort intéressante ? Maintenant, dites-moi ce que vous voulez.

— Pour l'instant... la sécurité... un lieu sûr.

— Dans quel sens ?

Comment aurait-elle pu lui avouer qu'elle désirait rentrer chez elle, avoir assez d'argent pour habiter leur manoir et éviter à Peter d'être arrêté ?

— Dites-moi la vérité, Yolanda. Faites-moi confiance.

— Je le voudrais bien mais... c'est impossible.

Ils furent interrompus par l'arrivée du premier mets. L'odeur délicieuse lui ouvrit l'appétit et elle écouta le duc lui parler des divers pays d'Europe qu'il avait visités, tout en savourant le contenu de son assiette. Elle le pressa de lui décrire Venise, Rome, Vienne.

— Vienne... Les femmes sont très belles, là-bas, se souvint-il. Elles ont des cheveux roux qui les rendent irrésistibles aux yeux des étrangers comme moi.

— Est-ce pour cela que vous... admirez Mlle Dupré ? demanda Yolanda sans prendre garde.

— Que pensez-vous d'elle ?

L'espace d'un instant, elle fut sur le point de lui révéler que l'actrice fouillait dans ses papiers et recevait le ministre de la Police en son absence. Mais la délation n'était pas dans son caractère et s'il était très épris de son invitée — et elle ne doutait pas qu'il le fût — il n'apprécierait pas de se voir éclairé à son sujet par une domestique.

Le duc attendait visiblement sa réponse avec intérêt.

— Je suis sûre que Mademoiselle est... une brillante actrice, bredouilla-t-elle.

Le duc se mit à rire.

— Quelle perspicacité dans le jugement ! Elle joue très bien, en effet.

— Elle est aussi très jolie mais... il y a une chose que je ne comprends pas.

— Ah ! Et qu'est-ce donc ?

— C'est sans doute stupide de ma part mais... voilà. Vous êtes un homme remarquablement... intelligent, oui... et... pourquoi choisissez-vous une femme aussi... frivole... enfin comparativement à vous, aussi peu... éduquée ?

Elle se souvint des propos que son père lui avait tenus un jour : « S'il y a une chose que je ne supporte pas, c'est bien la bêtise ! Les femmes seulement capables de rire sottement, de minauder et de battre des cils à tous propos, ne devraient pas être admises dans la bonne société. Elles gâchent tout et je les fuis comme la peste ! »

Le duc observait la jeune fille avec une expression indéchiffrable. Une fois de plus, elle aurait dû tenir sa langue !

— Je vous prie de m'excuser... Je crains d'avoir oublié à qui je parlais...

— Je ne suis pas surpris que vous me posiez cette question, mais vous devriez plutôt interroger votre mari. Il saurait mieux vous renseigner.

Elle le regarda sans comprendre. Puis elle rougit quand elle se souvint que Peter passait pour son mari.

— Oui, je lui poserai la question.

En réalité, elle ne voyait pas du tout le rapport. Comment Peter saurait-il pourquoi le duc s'intéressait à Mlle Dupré ?

— Parlez-vous à votre mari comme vous me parlez à moi ?

— Pierre n'a pas de préoccupations très... sérieuses.

— Et qu'est-ce qui l'intéresse, hormis vous ?

— Les chevaux, particulièrement les chevaux de course ; les cartes, la danse, et toutes les choses que les hommes de son âge trouvent divertissantes.

— Pourquoi l'avez-vous épousé ?

— C'est une question embarrassante, monseigneur.

— Vous m'en avez posé plusieurs, de votre côté. C'est mon tour, maintenant.

— Oh, s'il vous plaît... cela risque de tout gâcher. Je préfère discuter avec vous d'autre chose. C'est bien la première fois que je me trouve assise près de quelqu'un comme vous... c'est d'autant plus.... excitant !

— Ainsi, je vous excite ? releva-t-il d'une voix trop douce.

La table avait été débarrassée. Une tasse de café était posée devant Yolanda et le duc tenait un verre de brandy.

Pour la première fois, confusément, mais intensément, elle prit, conscience du danger qu'il représentait pour elle. De son côté, il la contemplait en silence. Au bout d'un moment, il murmura :

— C'est vrai ?

— Ecoutez... vous ne respectez pas les... les règles du jeu.

— Voulez-vous d'autres règles ?

Elle secoua la tête.

— Peut-être devriez-vous me dire exactement en quoi j'ai failli ?

— Eh bien... vous ne devriez pas me poser certaines questions, des questions qui me... troublent.

— Comme vous l'êtes en ce moment ?

— ... Oui. Ou quand vous me faites des compliments. J'y suis très sensible mais... je me sens gênée, comme je ne l'ai jamais été jusque-là.

— Comment puis-je provoquer un tel bouleversement ?

— Je ne sais pas. Mais cela ne devrait pas se produire. C'est... ce n'est pas convenable.

— Voilà une expression bien anglaise, dans la bouche d'une Française.

— J'ai vécu en Angleterre.

— Oui, et cela explique sans doute que vous soyez aussi... effarouchée.

— Peut-être. Je crois que vous devriez garder un ton plus... impersonnel, en tout cas.

— C'est impossible, et puis ce serait terriblement ennuyeux. De plus, je dois vous avouer que je ne vous trouve pas seulement belle, mais que vous m'intriguez aussi... Au point que je brûle d'une curiosité que vous êtes la seule à pouvoir assouvir.

Le cœur de Yolanda se mit à battre très fort. Affolée, elle fut prise d'une irrésistible envie de fuir.

— Monseigneur, quelle heure est-il ? Il se fait tard et je dois rentrer. Mademoiselle sera furieuse si elle ne me trouve pas en arrivant.

— Vous craignez qu'elle ne vous chasse ?

— Bien sûr !

— Mais si une chose pareille advenait... je m'y opposerais. Vous ne le pensez pas ?

— Je me trouverais malgré tout dans une situation embarrassante, et il me faudrait partir.

— Il n'en sera rien.

— S'il vous plaît, monseigneur... pouvez-vous me reconduire ?

— Quelque chose me dit que c'est surtout moi que vous voulez fuir...

— Oh non, mais... vous... vous m'effrayez.

— Vous êtes très impressionnable, Yolanda.

— C'est vous qui êtes très impressionnant, monseigneur, répliqua-t-elle en souriant.

Elle tourna son visage vers lui et leurs yeux se rencontrèrent. Le regard qu'il plongea dans le sien, sûr de son pouvoir, la retint captive. Le rose lui monta aux joues mais, dans un ultime effort, elle réussit à se détourner.

— Parce que vous me l'avez demandé, je vais vous raccompagner, dit-il enfin. Quand il eut payé l'addition, il prit le châle de la jeune fille qui avait glissé et lui en couvrit les épaules. Sa main effleura alors le cou de Yolanda. A ce contact, elle fut parcourue d'un long frisson. Jamais elle n'avait éprouvé pareille sensation.

Très émue, elle se leva vivement et sortit du restaurant. La présence du duc derrière elle, tout près, continuait de la troubler.

Dans la voiture qui les ramenait à travers les rues faiblement éclairées, sous la voûte sombre du ciel constellé d'étoiles, elle avait l'impression d'évoluer en plein rêve.

Soudain, sous la couverture, le duc lui prit la main. Elle chercha d'abord à se dégager mais ce geste lui parut au fond tellement naturel, qu'elle se laissa faire.

Ils roulèrent un moment en silence, puis le duc lui demanda :

— Que pensez-vous de cette soirée, Yolanda ?

— Un enchantement... dit-elle, dans un souffle. Il y avait une sorte de magie que je n'avais trouvée que dans la poésie, ou la musique, jusqu'à ce soir...

Il sourit et resserra la pression de ses doigts.

— C'est ce que je voulais vous faire partager. Sortirez-vous à nouveau avec moi ?

— Je... devrais dire... non.

— Mais vous allez dire oui.

— C'est peut-être... mal ?

— Pour qui ? Pour vous ou pour moi ?

— Pour... nous deux.

— Mais comme vous aimez l'inconnu et que

vous trouvez dommage de passer à côté de la vie, vous viendrez.

Yolanda ne répondit pas. C'était inutile, puisqu'il connaissait la réponse. Ils gardèrent le silence durant le reste du trajet.

Quand ils arrivèrent devant la maison, le duc porta la main de la jeune fille à ses lèvres et y déposa un baiser brûlant.

— Merci, dit-il doucement. Merci pour cet enchantement que je n'avais encore jamais connu, moi, non plus. Maintenant que j'y ai goûté, je ne pourrai oublier...

Cette fois, il s'exprimait sans la moindre ironie, et Yolanda fut bouleversée.

5

Le lendemain, Yolanda était encore en pleine euphorie, lorsqu'elle descendit prendre son petit déjeuner.

Elle avait eu du mal à trouver le sommeil, tant cette soirée avec le duc était restée présente à son esprit. Chacun des mots qu'ils avaient échangés avait longtemps résonné dans sa tête.

En même temps, elle essayait de refréner son enthousiasme. Si elle avait cru vivre un moment merveilleux, c'est parce qu'elle n'avait rien éprouvé de semblable jusqu'alors. Mais le duc n'était-il pas un homme exceptionnel ? Il lui avait même avoué n'avoir jamais connu un tel enchantement auparavant...

Sans doute ne s'agissait-il que d'un compliment purement formel, l'expression de ses hommages dont il ne devait pas être avare mais... elle l'imaginait mal dans ce rôle. Cela ne cadrait pas avec le personnage.

En fait, Yolanda ne savait plus très bien où

elle en était. Une seule chose lui paraissait claire : elle était jeune, désorientée, et s'était laissé envoûter par un charme mystérieux qu'elle tenait à savourer encore un peu, avant qu'il ne se dissipe.

Elle trouva Peter seul à l'office, achevant de déjeuner. Il lui sembla soucieux.

— Qu'y a-t-il, Peter ?

— Je suis inquiet. Tout le monde prétend que la guerre va éclater à nouveau.

— Oh non ! s'exclama-t-elle. Le...

Elle s'arrêta net. Elle avait failli se trahir et parler du duc, mais Peter ignorait encore qu'elle lui avait désobéi... et elle était certaine qu'il serait furieux d'apprendre que non seulement elle était sortie se promener avec le duc, mais qu'elle avait soupé avec lui.

Bien sûr, elle redoutait la semonce qu'il ne manquerait pas de lui infliger, mais elle craignait surtout qu'il ne brise son rêve et que sa colère n'entache sa si belle soirée.

— Le bruit qui court est donc vrai, rectifia-t-elle, soulagée qu'il n'ait pas noté son trouble.

— Qu'allons-nous faire ?

— Nous ne pouvons rester en France, dit-elle vivement. Qu'as-tu appris exactement ?

— L'ambassadeur d'Angleterre, lord Whitworth, est rentré dans notre pays.

— C'est sûr ?

— D'après les Français qui en parlaient, hier soir, au bal, il voulait déjà partir depuis plusieurs jours, mais il a finalement attendu le dernier moment.

— Il nous faudrait avoir des renseignements plus précis, dit Yolanda tout en songeant que la seule personne susceptible de les éclairer était le duc.

Comme s'il devinait ses pensées, il s'exclama :

— Courage ! Je ne crois pas que ce soit aussi grave. Après tout, si les hostilités devaient reprendre, l'ambassadeur aurait certainement informé Ilkeston qu'il est dangereux pour lui de s'attarder ici.

— Oui, tu as sûrement raison.

Peter se leva.

— Il est temps que je regagne les écuries. Si j'ai du nouveau, je te le ferai savoir au déjeuner.

En le regardant s'éloigner, elle trouva qu'il ressemblait bien peu à un domestique et elle se demanda si le duc l'avait remarqué. Dès qu'elle pensa à lui, son regard se perdit dans le vague. L'arrivée d'un valet la sortit brutalement de ses rêves.

— Voici une lettre pour Mademoiselle. Vous devez la lui remettre en mains propres. Personne d'autre ne doit la voir.

Surprise, elle prit la grande enveloppe que l'homme lui tendait. Elle contenait visiblement autre chose qu'une lettre, d'après le renflement qui la déformait.

— De qui vient-elle ? s'enquit-elle.

Le domestique lui sourit.

— Je ne suis pas censé vous donner de détails, mais si vous voulez le savoir, elle émane du ministre de la Police.

Yolanda s'en doutait. Elle trouvait cette façon d'agir envers le duc absolument scandaleuse. La lettre lui inspirait du dégoût.

— Très bien, dit-elle froidement.

Et elle regagna sa chambre avec l'impression pénible d'être impliquée malgré elle dans un complot.

Une demi-heure plus tard, elle alla réveiller Gabrielle Dupré. Elle tira d'abord les rideaux puis arrangea les oreillers de sa maîtresse, afin qu'elle puisse s'adosser confortablement pour déjeuner.

Elle lui tendit alors l'enveloppe.

— C'est arrivé pour vous, mademoiselle. L'on m'a recommandé de vous la remettre personnellement et de ne la montrer à personne.

L'actrice ne prit pas la peine de répondre. Pendant que Yolanda disposait devant elle le plateau contenant du café et des croissants, elle ouvrit la lettre et la lut.

— Allez voir si le duc est rentré de sa promenade à cheval et apportez-moi une autre tasse. Je veux qu'il prenne son café avec moi, ce matin.

C'était la première fois qu'une telle chose se produisait, songea Yolanda en se dirigeant vers la porte qui communiquait avec le salon.

Elle savait que le duc déjeunait très tôt dans sa chambre. En rentrant de promenade, il se baignait, se changeait et se retirait dans la bibliothèque.

Pour la première fois, il lui vint à l'esprit

qu'en plus de son courrier il rédigeait certainement un rapport sur la situation en France pour le Premier ministre anglais. Le duc était un homme trop important pour ne pas être chargé de hautes missions. Et si les rumeurs dont Peter lui avait parlé étaient fondées, si des bruits couraient sur les projets de Bonaparte de traverser la Manche, il ne devait pas manquer d'en informer les premiers intéressés.

Avec effroi, Yolanda commençait à se demander s'il ne s'agissait vraiment que de bavardages...

Comme le salon était vide, elle traversa la pièce et frappa à la porte qui donnait dans la chambre du duc. Elle se sentait un peu nerveuse.

Transmettre l'ordre que lui avait donné l'actrice l'emplissait d'embarras, mais elle ne pouvait se dérober. Ce fut Hawkins qui ouvrit. D'un bref coup d'œil, elle constata avec soulagement qu'il n'y avait personne d'autre dans la pièce.

— Bonjour, madame, fit Hawkins, souriant. Elle aimait le regard plein d'humour de cet homme que Peter lui avait décrit comme un compagnon fort divertissant.

— Bonjour, monsieur Hawkins. Mademoiselle souhaiterait que Sa Grâce prenne une tasse de café avec elle, ce matin.

— J'attends Sa Grâce d'un moment à l'autre. Je lui transmettrai le message immédiatement.

— Merci, dit Yolanda.

Au même moment, elle entendit l'autre porte de la chambre s'ouvrir et elle s'empressa de rejoindre l'actrice.

— M. le duc vient juste de remonter, mademoiselle, annonça-t-elle, un peu essoufflée.

— Alors qu'attendez-vous pour aller chercher une autre tasse !

Heureusement, elle en trouva une sur une petite desserte, dans le couloir, meuble sur lequel les domestiques gardaient un peu de vaisselle afin d'éviter de monter et descendre continuellement.

Quand Yolanda revint préparer le plateau, elle s'aperçut que l'enveloppe avait disparu...

L'actrice se coiffait à l'aide d'un peigne orné de pierres précieuses, qu'elle gardait toujours sur sa table de nuit, près d'un miroir gravé à ses initiales.

La jeune fille la trouvait très jolie, avec ses longs cheveux roux ondoyant sur ses épaules, et elle se dit qu'elle s'était montrée bien sotte, en déclarant au duc qu'elle ne voyait pas quel charme il lui trouvait. Sa beauté devait lui suffire... Elle comprenait tout à coup qu'un homme puisse avoir envie de toucher la peau diaphane de cette femme. Puis elle se souvint de l'étrange sensation qu'elle avait éprouvée quand le duc avait tenu sa main dans la sienne.

Machinalement, elle se mit à ranger la chambre, à ramasser ce que sa maîtresse avait jeté un peu partout, la veille au soir, à son retour. Sans doute après avoir un peu abusé du vin, n'avait-elle pas eu la force de procéder à sa toilette.

Les bras chargés de vêtements, Yolanda s'apprêtait à demander à l'actrice si elle désirait autre chose, quand elle la surprit à verser quelque chose dans la tasse de café qu'elle venait de remplir. Elle faillit lui dire que le duc ne prenait pas de sucre mais se retint juste à temps. C'était un détail qu'elle avait remarqué la nuit dernière...

Songeant vaguement qu'elle devrait changer la tasse, elle se hâta vers la porte, car elle n'avait nulle envie que le duc la voie dans ses fonctions.

Elle s'engageait dans le couloir quand elle l'entendit parler à Hawkins dans le salon. Aussitôt, elle se précipita chez elle.

Sa charge impliquant qu'elle devait servir sa maîtresse jour et nuit, elle avait le privilège d'occuper une chambre particulière. Dans le cas contraire, elle aurait partagé celle de Peter, puisqu'il était censé être son mari. Lui-même dormait dans les appartements réservés aux hommes, mais il ne s'en plaignait pas. Il trouvait même son lit plus confortable que celui de l'auberge de Calais.

Yolanda avait ri lorsqu'il lui avait confié ce détail, se souvenant d'avoir souffert elle-même toute la nuit sur un lit complètement bosselé. Heureusement que les femmes de chambre jouissaient d'avantages particuliers...

Une heure plus tard, une servante vint lui annoncer que Mademoiselle la réclamait.

— Où diable étiez-vous passée ? se plaignit-elle d'emblée.

— J'attendais vos ordres, mademoiselle. Je préfère ne pas vous déranger quand vous êtes avec M. le duc.

— Il est parti depuis longtemps ! Je veux me lever et mettre cette nouvelle robe que l'on m'a apportée hier. Je suis attendue à un déjeuner particulièrement élégant.

Yolanda la trouva superbe quand elle descendit, un peu plus tard, coiffée d'un chapeau piqué de fleurs et de plumes, des diamants scintillant de tous leurs feux à ses oreilles et autour de son cou.

Un cabriolet l'attendait dehors. D'après la livrée du cocher et celle du valet, il n'appartenait pas au duc...

Soucieuse, Yolanda remonta et entreprit de ranger tous les bijoux de l'actrice dans leur coffret. Elle ne prenait jamais la peine de le faire elle-même et laissait toujours ses parures éparpillées un peu partout.

On frappa à la porte qui donnait dans le salon. C'était Hawkins.

— Mademoiselle est-elle sortie ? demanda-t-il.

— Oui, elle est allée déjeuner.

— Ah... je croyais qu'elle devait attendre M. le duc.

— Non. Elle était invitée à un déjeuner très élégant, selon ses propres termes, expliqua Yolanda.

Elle s'exprimait toujours en français avec

Hawkins, qui parlait lentement mais couramment.

— Tiens, c'est curieux ! s'exclama-t-il.

— Qu'y a-t-il ?

— Eh bien, ce matin, avant de partir se promener, M. le duc m'a dit qu'il déjeunait avec Mademoiselle, aujourd'hui. Or, il n'est pas du tout comme d'habitude, à présent...

— Et... qu'a-t-il ? demanda Yolanda, intriguée.

Hawkins hésita à lui révéler ce qui l'inquiétait.

— Qu'est-ce que M. le duc a mangé ou bu, lorsqu'il se trouvait avec Mademoiselle ? finit-il par dire.

— Je n'étais pas avec eux. A ma connaissance, il a bu une tasse de café que Mademoiselle avait servie elle-même.

Hawkins eut l'air contrarié.

— Pourquoi ? Qu'est-ce qui ne va pas ? interrogea-t-elle.

— C'est bizarre... et je ne sais pas quoi faire.

— A propos de quoi, enfin ?

— Eh bien, voilà. Quand M. le duc est rentré de sa promenade à cheval, ce matin, il était d'humeur particulièrement joyeuse, en pleine forme, et pour tout vous dire, je ne l'avais encore jamais vu aussi gai.

— Qu'est-il arrivé, ensuite ? s'enquit-elle, appréhendant la suite.

— Lorsqu'il est revenu de la chambre de Mademoiselle, il s'est jeté sur son lit et depuis, il ne s'est pas réveillé !

— Il s'est endormi ? s'étonna-t-elle.

— Voilà quinze ans que je suis à son service, et jamais, vous m'entendez, jamais, il ne s'est couché ainsi en pleine journée. Il s'est littéralement effondré ! J'ai eu beau essayer de le réveiller, de le secouer, rien n'y a fait !

— C'est incroyable !

— Je n'aime pas ça, madame, pas du tout. Je sais reconnaître une fièvre, une migraine ou des maux d'estomac, mais croyez-moi, le duc n'a rien de tout cela. Pour moi, il a été drogué.

— Drogué !

Sur le visage de Yolanda, la stupeur fit place à une expression plus concentrée. Elle plissa les yeux, comme si elle se remémorait quelque chose.

— Attendez une minute ! Je reviens tout de suite.

Elle fit volte-face et se mit à chercher l'enveloppe dans la chambre. Elle regarda sous les oreillers, dans l'écritoire de l'actrice, dans la corbeille à papier... sans succès. Elle devait pourtant bien se trouver quelque part !

Elle essaya d'imaginer où sa maîtresse aurait pu cacher quelque chose afin que sa femme de chambre ne le trouvât pas. Peut-être dans la commode où elle rangeait certains de ses vêtements, ses mouchoirs et ses bas de soie ? ... Non.

Yolanda hésita, puis elle alla vérifier que l'enveloppe n'avait pas glissé entre le matelas et le mur. L'actrice avait eu tout le temps de la dissimuler avant l'arrivée du duc. Mais où ?

Elle ouvrit tous les tiroirs, ceux de la coiffeuse, ceux qui contenaient les sous-vêtements, les gants. Elle fouilla soigneusement l'intérieur de chaque meuble. Aucune trace de cette lettre. Pourtant, la jeune fille était convaincue qu'elle était restée quelque part.

Elle remarqua alors une petite bibliothèque en bois de rose qui s'appuyait contre le mur. Des volumes de poésie reliés de cuir y étaient alignés. Ils ne servaient sans doute que de décoration, car Mlle Dupré n'avait certainement jamais eu l'idée d'en ouvrir un. Yolanda tira deux des livres, au centre d'une étagère... et elle trouva ce qu'elle cherchait, caché derrière les ouvrages ! De plus, l'objet qui provoquait un renflement de l'enveloppe y était toujours !

Tout d'abord, elle saisit la lettre et, comme elle ne doutait pas qu'elle concernât le duc, elle la lut. Quelques lignes seulement étaient écrites, de toute évidence par une main masculine :

« Donnez-lui-en deux toutes les quatre heures jusqu'à plus amples instructions. »

Tout d'abord, la jeune fille ne comprit pas ce que cela signifiait. Puis elle découvrit, au fond de l'enveloppe, une petite boîte à pilules. Il n'était pas bien difficile de deviner ce qu'elle contenait : des somnifères du type laudanum, sans aucun doute.

Il s'agissait d'un sédatif puissant dont on se servait pour aider à dormir ceux qui souffraient. Les dames de la haute société en usaient également volontiers lorsqu'elles ne parvenaient pas à trouver le sommeil.

Ainsi donc, ce n'était pas du sucre que la comédienne avait mis dans le café du duc !

La lettre et la boîte dans la main, elle retourna dans le salon. Hawkins n'y était plus, mais la porte de la chambre de son maître était ouverte.

Debout dans l'embrasure, Yolanda regarda le grand lit tendu de soie rouge. Dans la semi-pénombre, car Hawkins avait baissé les stores, elle vit le duc étendu sur la courtepointe. Sa tête reposait sur un oreiller blanc, bordé de dentelle.

Toujours vêtu de ses bottes et de sa tenue d'équitation, il lui apparut comme un héros vaincu. Son cœur se serra et soudain, elle eut peur que l'actrice ne l'ait tué !

Mais très vite, elle songea que le ministre de la Police, qui suivait de toute évidence les instructions de Bonaparte, le voulait sans doute vivant, car mort, il ne lui aurait servi à rien. Si leurs pays entraient en guerre, la France considérerait comme une aubaine de détenir un homme aussi puissant que le duc en otage...

Je dois le sauver, se dit Yolanda. D'une manière ou d'une autre !

Dès que Hawkins l'aperçut, il la rejoignit et ils se retirèrent dans le salon.

— C'est arrivé ce matin, dit la jeune fille en lui montrant la lettre et la boîte à pilules. On m'a recommandé de remettre ce pli en mains propres à Mademoiselle sans que personne d'autre ne le sache.

— De qui cela provient-il ?

— Du ministre de la Police. Il a dîné avec elle, il n'y a pas longtemps.

— Fouché ! s'exclama Hawkins.

Une lueur d'effroi passa dans ses yeux tandis qu'il prenait connaissance du message.

— Vous comprenez ? s'enquit-elle. Ou dois-je vous le traduire ?

— Non, non... C'est inutile.

— Il y avait cela, aussi, ajouta-t-ellc cn donnant la petite boîte au valet.

Les sourcils froncés, il l'ouvrit et prit entre ses doigts l'un des cachets. Il l'observa, le sentit et s'exclama en anglais :

— Les gredins ! Ils veulent le garder prisonnier ici !

— C'est bien ce que je craignais...

— Nous devons partir aujourd'hui, décida Hawkins.

— Aujourd'hui !

— Oui, madame. Mais je me demande comment nous allons nous y prendre pour obtenir des chevaux... et des sauf-conduits.

— Voulez-vous dire que les Français refuseraient de laisser partir M. le duc ?

Sans même s'en rendre compte, Yolanda s'était mise à parler anglais, elle aussi...

— Déjà, à l'ambassade, les permis pour les chevaux n'étaient pas prêts, quand M. le duc a annoncé son intention de partir. Ces satanés Français se donnaient ainsi le temps de faire aboutir leurs négociations.

Yolanda s'alarma.

— Et s'il ne se réveille pas, et que l'on refuse

de vous donner les papiers nécessaires, il risque d'être encore là quand la guerre éclatera ! Tout de même, ils ne pourront le garder, puisqu'il n'appartient pas à l'armée.

— Ils agiront à leur guise, quitte à briser toutes les règles ! assena Hawkins. J'avais bien dit à M. le duc, avant de partir, que ce Bonaparte ne m'inspirait rien de bon. Voyez où nous en sommes, à présent...

— Mademoiselle avait mis la drogue dans son café... Quand je pense que j'ai cru qu'elle le sucrait !... Il ne doit pas absorber une deuxième dose.

— J'y veillerai ! Quoi qu'il en soit, il nous faut le sortir d'ici.

— Comment ?

Jusqu'à présent, il s'était exprimé librement, comme s'il faisait confiance à Yolanda. Mais brusquement, il sembla réfléchir et changea d'attitude.

— Inutile de vous inquiéter, madame. Je vous remercie pour votre aide mais, si vous voulez un conseil, tenez-vous hors de cette affaire. Replacez cette enveloppe et son contenu où vous l'avez trouvée, et oubliez-la.

— Vous croyez pouvoir emmener le duc ?

— Écoutez, faites comme si rien ne s'était passé.

— Je veux vous aider, insista-t-elle avec fermeté. Vous avez besoin de moi. Après tout, je peux surveiller Mademoiselle et peut-être l'empêcher de conspirer avec M. Fouché pour nuire au duc ou le faire arrêter.

Hawkins parut impressionné par sa détermination. Il réfléchit néanmoins avant de répondre :

— Il est certain que votre aide me serait précieuse, mais... pourrai-je me fier à vous, ou à votre mari, pour transmettre des messages ?

— N'ayez aucune crainte, assura-t-elle. Vous avez ma parole.

Il la scrutait intensément, comme s'il essayait de déterminer si elle était vraiment sincère.

— Je vais chercher mon mari, continua-t-elle. Vous lui direz ce que vous attendez exactement de lui. Je vous jure, sur ce qu'il y a de plus sacré, que je ne vous abandonnerai pas.

— Je n'ai pas le choix, n'est-ce pas ? soupira-t-il.

Mais un sourire détendit son visage.

Dans le vestibule, un laquais apprit à la jeune fille que Peter se trouvait aux écuries.

— Pourriez-vous lui dire de venir immédiatement ? lui demanda-t-elle. Mademoiselle a laissé des instructions pour lui.

Le laquais ricana.

— Vous devriez surveiller un peu votre mari, madame. Gabrielle Dupré a toujours besoin des beaux garçons !

Et il partit à sa recherche en riant, sans se soucier de la réaction de Yolanda.

Au bout d'un moment, qui lui sembla une éternité, Peter apparut au bout du couloir où elle l'attendait. Elle se précipita vers lui et le mit au courant des dernières nouvelles, en chuchotant.

Il parut stupéfait, puis consterné.
— Si Ilkeston part, nous devons fuir avec lui, conclut-il.
— C'est bien ce que je pense aussi, mais je ne l'ai pas laissé entendre à Hawkins.
— Bien sûr! En tout cas, si la guerre menace, nous devons quitter ce pays.
— Comment le pourrions-nous, sans chevaux ? s'inquiéta-t-elle.
— Laisse-moi parler à Hawkins.
Ils se dirigèrent vers le salon où le valet les rejoignit immédiatement.
— Est-ce qu'il dort toujours? demanda Yolanda, comme si rien ne comptait davantage à ses yeux.
— Il ne semble pas près de se réveiller!
Ces paroles attisèrent la douleur de la jeune fille. L'angoisse la rongeait. Il lui paraissait inconcevable qu'une pilule aussi petite que celle qu'il avait avalée pût plonger un homme aussi fort que le duc dans une inconscience aussi profonde et si proche du coma...
Nous devons le sauver! Absolument! songea-t-elle au plus profond d'elle-même.
— Vous voulez me confier un message ? fit Peter en s'adressant à Hawkins. Ma femme a prétendu que Mlle Dupré avait besoin de mes services.
— Les domestiques ne doivent rien soupçonner, précisa le valet.
Il observa attentivement Peter avant d'ajouter:
— Sachez, Latour, que si jamais vous trahis-

siez M. le duc, je vous tuerais avant que nous fussions emprisonnés.

Il s'exprimait avec un calme plus impressionnant que tout éclat de voix.

— Je ne vous trahirai pas, affirma Peter. Nous avons des raisons personnelles de vouloir aider le duc, mais le moment n'est pas venu d'en parler. Qu'attendez-vous de moi ?

— Je voudrais que vous alliez au quai du Louvre. Là, vous demanderez un certain Bouvais. C'est un gardien de péniche.

— Oh ! Ce serait le moyen pour le duc de quitter Paris ! s'écria la jeune fille.

Hawkins jeta un coup d'œil furtif vers la porte donnant sur le couloir, comme s'il craignait qu'on ne l'ait entendue.

Yolanda se mordit les lèvres.

— Excusez-moi, fit-elle en baissant le ton. Mais c'est une excellente idée, si nous n'avons pas de chevaux !

— Que dois-je faire, alors ? reprit Peter.

— Vous direz à Bouvais que dès la tombée de la nuit, il devra appliquer les instructions qui lui ont été transmises. C'est un homme sensé et digne de confiance, je crois. Mais je vais lui donner une avance, c'est tout ce qui l'intéresse, en réalité.

Hawkins alla prendre plusieurs billets dans le secrétaire que l'actrice avait forcé. Il les tendit à Peter.

— Ce n'est qu'un acompte, mais il le sait.

Peter rangea les billets dans la poche intérieure de sa veste.

— Vous devriez peut-être me donner une enveloppe. Je la porterai bien en vue. Ainsi, les domestiques s'imagineront que je vais transmettre un billet doux à l'un des admirateurs de Mademoiselle !

Yolanda sourit. Elle le reconnaissait bien là, toujours prêt à se lancer dans une aventure. Pourtant, l'affaire était sérieuse et il en allait peut-être même de leur vie...

Hawkins lui tendit une enveloppe.

— Soyez prudent, lui recommanda-t-il tout bas. Et souvenez-vous que Fouché a des espions partout. Vous pourriez être suivi en sortant de la maison.

— J'y ai déjà pensé. Je prendrai un cheval et je passerai par le bois. Aussi, ne vous inquiétez pas si vous ne me voyez pas revenir très vite.

Hawkins sourit.

— Vous êtes un homme avisé, Latour. N'oubliez tout de même pas que votre femme et moi vous attendrons avec impatience.

Yolanda comprit que c'était une façon de lui rappeler qu'il ne pouvait a disparaître avec l'argent, et qu'elle constituait une sorte de garantie. Après tout, Hawkins leur faisait confiance sans les connaître. Et puis, ils étaient censés être français, et auraient dû logiquement servir la cause de Napoléon. La méfiance du valet était bien légitime.

Dès que Peter fut parti, il se tourna vers la jeune fille.

— A présent, madame, puis-je vous demander de m'aider à m'occuper de M. le duc ?

— Bien sûr !

— Bon. Il me faut d'abord du café, le plus fort possible, et une carafe de brandy. Personne ne doit savoir, en bas, dans quel état se trouve le duc.

— Ne vous inquiétez pas. Ils penseront simplement que vous êtes trop occupé pour descendre vous-même.

— Merci. Je vais être occupé, en effet, et j'aurai encore besoin de vous.

— Je vais déjà chercher le café et le brandy.

Elle jeta un dernier regard au duc qui reposait toujours dans la même immobilité effrayante, puis descendit transmettre les ordres d'Hawkins. Elle pria le laquais d'apporter le tout dans le petit salon.

Lorsqu'elle remonta, le valet s'efforçait d'enlever au duc sa veste de cheval. Malgré sa robustesse, il n'y parvenait pas. Yolanda lui prêta aide et tous deux finirent par y arriver.

— Que comptez-vous faire, maintenant ? s'enquit-elle.

— Lui tremper la tête dans de l'eau froide.

La jeune fille alla tout de suite chercher une cuvette. Ils tirèrent le duc au bord du lit et réussirent à immerger son visage, sans trop le mouiller par ailleurs.

Un bruit dans la pièce voisine les alerta soudain. En toute hâte, Hawkins gagna le salon, laissant le duc aux soins de Yolanda.

Elle le redressa contre l'oreiller qu'elle avait au préalable recouvert d'une serviette et lui épongea le visage. Ses traits lui semblaient toujours attirants. Les yeux fermés, il avait l'air plus jeune, moins impressionnant.

Pourtant, sa bouche gardait un pli cynique. Pourquoi avait-il perdu toutes ses illusions ? Pourquoi était-il incapable de trouver le bonheur malgré sa richesse et sa puissance ?

En l'observant attentivement, elle songea plus ou moins qu'il devait lutter pour sortir de sa torpeur.

— Revenez à vous, murmura-t-elle malgré elle. On a besoin de vous, en Angleterre. Vous ne supporteriez pas l'humiliation de vous retrouver prisonnier de vos ennemis.

L'espace d'un instant, elle attendit sa réponse, mais il demeurait dans l'inconscience la plus totale, perdu dans l'univers parallèle des drogués.

— Mon Dieu, implora-t-elle. Sauvez-le ! Je vous en prie !

Hawkins revint avec un plateau.

— Nous allons commencer par lui donner du café, dit-il tranquillement.

Et son calme redonna brusquement courage à Yolanda. Hawkins prenait les choses en main avec un tel sang-froid qu'elle ne douta plus qu'ils réussiraient.

— Relevez-lui la tête pendant que je lui fais avaler une cuillerée de café.

Yolanda mit une serviette sur la poitrine du duc et ils le firent boire. Ce n'était pas facile, et l'attente devenait insupportable. Au bout de cinq, puis de dix minutes, aucun changement ne semblant survenir, Yolanda commença à perdre courage.

Hawkins, quant à lui, égal à lui-même, persévérait. Il finit par regarder la pendule.

— Nous devrions peut-être attendre que les quatre heures s'écoulent ?

— Mais Mademoiselle sera de retour ! s'affola Yolanda.

— Et elle le persuadera à nouveau de boire ce breuvage diabolique, continua-t-il.

— Essayez le brandy, suggéra-t-elle en désespoir de cause. Nous devons absolument réussir à le réveiller et le prévenir de ce qui l'attend.

Ils se mirent à la tâche. Trois heures s'étaient écoulées quand enfin, le duc remua imperceptiblement les lèvres.

Immédiatement, Hawkins en profita pour introduire la cuillère de brandy, mais il fallut encore une demi-heure pour que le duc émette un son indistinct.

— Il revient à lui ! s'écria Yolanda.

Cinq minutes plus tard, en effet, il ouvrait les yeux. La première chose qu'il vit fut la jeune fille, penchée sur lui. Il ne sembla pas la reconnaître. Puis... elle eut l'impression qu'il murmurait son nom.

Hawkins lui fit avaler encore un peu de brandy.

Cette fois, le duc parvint à articuler, tant bien que mal :

— Qu'est-ce... qu'est-il arrivé ? Que... faites-vous... là ?

— Réveillez-vous, je vous en prie ! supplia

Yolanda. C'est très important ! On vous a fait prendre un somnifère.

Les yeux du duc se refermèrent, comme si l'effort qu'il parvenait à faire l'épuisait. Mais il les rouvrit et prononça d'une voix un peu plus assurée :

— Un somnifère ? Vous avez dit... un somnifère ?

— Oui, murmura Yolanda. Vous êtes en danger. Réveillez-vous !

Au bout de dix nouvelles minutes, ils réussirent à l'asseoir contre les oreillers. Hawkins courut chercher du café.

Le regard encore vague, le duc considérait Yolanda comme une vision à laquelle il se raccrochait, le reste étant encore incompréhensible, pour lui.

— Essayez de comprendre, fit-elle, les Français veulent vous garder prisonnier ici. Vous serez un otage ! Vous devez fuir !

Il se taisait, mais elle devina qu'il commençait à voir un peu plus clair.

Hawkins revint avec le café et la jeune fille aida le duc à boire, car ses gestes demeuraient imprécis. Elle jeta un coup d'œil sur la pendule.

— Écoutez-moi. Mlle Dupré va revenir d'un moment à l'autre. Elle vous donnera une seconde pilule. Vous devez absolument feindre d'être totalement inconscient de façon à ce qu'elle croie que vous ne pouvez rien prendre d'autre pour l'instant.

— Vous avez raison ! glissa Hawkins. Tant

que les Français vous croiront inconscient, ils vous laisseront tranquille.

— D'accord, fit le duc avec difficulté. Je ferai semblant de dormir et vous... vous essaierez de maintenir Mademoiselle à distance. Avez-vous prévenu Bouvais que nous allions avoir besoin de lui ?

— Latour s'en est chargé, M. le duc. J'ai dû lui faire confiance, je ne pouvais vous laisser seul ici.

— Latour ? répéta le duc, comme s'il avait oublié de qui il s'agissait.

Puis il posa les yeux sur Yolanda et il se souvint.

— Vous pouvez vous fier à Pierre, assura-t-elle.

— Comme je me fie à vous, répliqua le duc avec un faible sourire.

— Oui...

— Buvez vite votre café, monseigneur. Je dois tout débarrasser avant le retour de Mademoiselle. En aucun cas elle ne doit se douter que nous avons essayé de vous réveiller.

— En effet ! approuva le duc en avalant le contenu de sa tasse.

Il la rendit à Hawkins qui s'empressa de disparaître avec le plateau et les serviettes.

Le duc regarda Yolanda.

— Merci, dit-il. Je ne sais pas très bien pourquoi vous m'aidez, mais je vous suis reconnaissant.

Le moment était peut-être mal choisi, mais elle était seule avec le duc et elle en profita pour lui faire une requête qu'elle crut bon de ne pas différer davantage, car si les événements se précipitaient, elle risquait de ne plus en avoir l'occasion.

— Monseigneur... j'ai... quelque chose à vous demander...

— Oui, et quoi donc ?

— Eh bien voilà... Peter et moi, nous voudrions rentrer avec vous en Angleterre. Acceptez, monseigneur, je vous en prie !

La surprise se peignit sur les traits du duc.

— Nous sommes anglais, en vérité, précisa-t-elle très vite. Si nous restons ici, Peter sera obligé de se battre contre son propre pays ! S'il vous plaît, monsieur le duc, emmenez-nous avec vous !

6

Le duc observa la jeune fille en silence. Puis, un petit sourire se dessina sur ses lèvres.

— Je savais bien que quelque chose m'échappait...

— Je n'ai pas le temps de tout vous expliquer maintenant, mais... ne partez pas sans nous.

— Vous prenez peut-être de plus grands risques en m'accompagnant, fit-il remarquer.

Mais le regard anxieux que Yolanda posait sur lui précipita sa réponse.

— Très bien, nous voguerons ensemble !

Aussitôt, le visage de la jeune fille s'illumina.

— Merci... Oh, merci, monseigneur !

Hawkins fit alors irruption dans la pièce :

— Une voiture arrive, annonça-t-il à voix basse. Allongez-vous, Votre Grâce, et faites semblant de dormir ! Elle croira avoir forcé sur la dose.

Le duc se recoucha donc et Yolanda s'en fut dans la chambre de l'actrice pour vérifier que la porte vitrée de la petite bibliothèque était bien refermée. Elle se rassura en pensant que Gabrielle Dupré n'avait aucune raison de se douter qu'une vulgaire servante avait mis à jour ce funeste complot, vraisemblablement orchestré par le ministre de la Police.

Elle attendit dans la chambre l'arrivée de sa maîtresse. Celle-ci, resplendissante et superbement apprêtée, comme à son habitude, lui inspirait brusquement de la haine et de l'effroi. Comment pouvait-elle trahir à ce point un homme qui se montrait aussi généreux à son égard, et intriguer pour qu'il fût jeté en prison et servît d'appât à Bonaparte ?

L'actrice donna ses gants et son sac à Yolanda, avant de dénouer les rubans de sa coiffe.

— Rien de spécial en mon absence ? s'enquit-elle d'un ton trop détaché pour être naturel...

— Non, mademoiselle. Pas de bouquets ni de fleurs, aujourd'hui. Pas même de lettre, mise à part celle de ce matin.

Gabrielle Dupré ne répondit pas.

Assise devant le miroir de sa coiffeuse, elle s'admirait, tournant le visage d'un côté, puis de l'autre. Puis, comme si tout à coup la curiosité l'emportait, elle demanda :

— M. le duc est-il là ?

— Je n'en ai aucune idée, mademoiselle. Dois-je aller m'en informer ?

— Je m'en chargerai, décida l'actrice après une hésitation.

Elle se leva, tendit sa coiffe à Yolanda et se dirigea vers le petit salon. Elle parut indécise un bref instant. La jeune fille l'entendit ensuite tourner la poignée de la chambre du duc et la suivit à pas de loup...

Croyant que le duc était seul, Gabrielle Dupré parut surprise quand Hawkins sortit de l'ombre et avança jusqu'à elle.

— Oh, vous êtes là ! s'exclama-t-elle.

— Oui, mademoiselle.

— M. le duc est malade ? Pourquoi est-il couché à cette heure-ci ?

Hawkins prit un air mystérieux et avança encore, de telle sorte qu'elle fut contrainte de faire marche arrière dans le salon. Il prit soin de refermer doucement la porte.

— Mademoiselle, Sa Grâce n'est pas bien, dit-il.

— Ah bon ? s'étonna-t-elle hypocritement. Mais qu'a-t-il donc ?

— Oh, je crois qu'il est simplement fatigué, aussi l'ai-je laissé dormir.

— C'est étrange... J'aimerais bien le voir.

— Laissez-le dormir, mademoiselle. Ce serait dommage de le réveiller.

— Êtes-vous certain qu'il dort ?

— A poings fermés, mademoiselle. Il a dû se coucher très tard, la nuit dernière.

L'actrice resta silencieuse un instant.

— Nous devrions lui préparer une bonne tasse de café, reprit-elle. Ma femme de chambre va vous l'apporter. Je suis sûre qu'il aimerait le boire en ma compagnie.

— Certainement, mademoiselle.

Yolanda, qui observait la scène de l'embrasure de la porte, eut juste le temps de s'esquiver avant que l'actrice ne la rejoigne dans la chambre.

— Allez commander du café pour deux, et faites-le porter dans le petit salon, ordonna-t-elle. Ensuite, je passerai un négligé.

Yolanda se retira, sachant que sa maîtresse profiterait de son absence pour aller chercher les pilules.

Elle était inquiète. Comment Hawkins allait-il se débrouiller ? A moins de renverser le café sur son maître, ce que ce dernier n'apprécierait sûrement pas, elle ne voyait pas comment il pourrait l'empêcher de boire.

Comme elle remontait, une idée jaillit dans son esprit. Elle prit une tasse, sur la desserte du couloir, et entra dans le petit salon. Hawkins apparut immédiatement. Elle lui montra la tasse et la cacha derrière un vase de Chine. Ils se comprirent aussitôt. Alors, silencieusement, elle se glissa hors de la pièce et regagna la chambre.

Cinq minutes plus tard, le café était servi dans le petit salon. Vêtue d'un négligé de soie gris bleu, Gabrielle s'approcha de la table où le plateau était posé, devant le divan. Elle prit une tasse, ignorant que Yolanda l'observait par le trou de la serrure et que, de son côté, Hawkins en faisait autant. Ils la virent ainsi, très nettement, mettre les cachets qu'elle tenait discrètement dans sa main.

Elle replaça la tasse destinée au duc à droite de la cafetière. Ses gestes étaient si précis, si habiles, que Yolanda songea qu'elle n'en était sûrement pas à son premier coup. Peut-être même s'était-elle servie de semblables subterfuges pour soutirer de l'argent à ses admirateurs ?

L'actrice se leva et ouvrit la porte de la chambre du duc. Hawkins avait eu le temps de reprendre une attitude naturelle. Il se tenait au chevet de son maître.

— Comment va-t-il ? demanda-t-elle.

— Il vient de se réveiller, mademoiselle.

— Tant mieux ! Je voudrais lui parler.

Le duc s'étirait en bâillant.

— Je suis... terriblement fatigué, dit-il d'une voix ensommeillée.

— Mon pauvre ami ! Les joies de Paris sont parfois épuisantes !

Le duc bâilla de plus belle.

— Où... étiez-vous ? demanda-t-il.

— C'est justement ce que je voulais vous raconter.

— Je suis... tellement fatigué.

— Ce qu'il vous faut, mon cher, c'est une bonne tasse de café. Je vais vous en chercher une. Ensuite, nous parlerons. Vous verrez, vous allez rire !

— Voulez-vous que j'apporte le café, mademoiselle ? offrit Hawkins.

— Non, laissez-moi faire ! Essayez plutôt d'aider votre maître à s'asseoir. Il sera plus à son aise pour boire.

Elle se hâta vers le salon et prit le plateau, sans se douter que Yolanda avait remplacé la tasse de café drogué par celle qu'elle avait cachée derrière le vase de Chine et qui contenait seulement du café. La jeune fille avait procédé à la substitution, le cœur battant, craignant que l'actrice ne lui laissât pas le temps d'opérer.

Une fois dans la chambre de la comédienne, Yolanda eut soudain une autre idée. Cachant la tasse à moitié pleine qu'elle avait mise de côté, elle courut jusqu'à l'escalier.

— Mademoiselle trouve que le café n'est pas assez chaud ! cria-t-elle au valet dans le vestibule. Faites monter immédiatement une autre cafetière.

Le valet eut un geste d'exaspération.

— Des plaintes ! Toujours des plaintes ! fit-il.

— Dépêchez-vous, sinon je vais avoir des ennuis !

Il disparut vers les cuisines et Yolanda regagna la chambre, priant pour qu'il ne fût pas trop long. Elle percevait les roucoulements dont l'actrice abreuvait le duc. Puis la porte donnant sur le salon se ferma et Hawkins la rejoignit.

— Vous avez changé les tasses ? murmura-t-il.

Yolanda acquiesça.

— Bravo.

— J'ai une autre idée, lui dit-elle.

Yolanda lui exposa son plan et Hawkins sourit.

— J'ai eu raison de me fier à vous, madame.

— Les choses pourraient tourner mal,

cependant. Peter ne devrait plus tarder, mais nous ne pouvons le laisser nous rejoindre. Et si vous alliez à sa rencontre ?

Hawkins ne se le fit pas dire deux fois, et la jeune fille resta seule, à attendre. Elle eut du mal à résister à la tentation d'aller écouter ce que l'actrice racontait au duc. Après tout, étant donné la situation, c'eût été compréhensible, mais elle pensait au duc qui aurait certainement désapprouvé un tel comportement.

Plus le temps passait et plus elle se sentait nerveuse, tendue. Et si l'actrice avait mis d'autres pilules dans le café ? Qu'adviendrait-il si jamais le duc retombait dans cet état semi-comateux pendant encore quatre heures ?

Oh, mon Dieu... Je vous en prie, faites que nous parvenions à nous échapper ! pria-t-elle.

Des coups frappés à la porte la firent violemment sursauter, mais ce n'était que le valet qui apportait le café chaud.

Il fallait agir vite. Elle prit la tasse contenant le somnifère et la remplit jusqu'au bord de café brûlant.

Elle venait de tout remettre en place quand l'actrice arriva, toute souriante. Elle semblait détendue, contente d'elle et, machinalement, alla s'admirer devant sa coiffeuse.

— On a monté deux plateaux par erreur, prétendit Yolanda, mais j'ai pensé que vous aimeriez peut-être prendre une seconde tasse, aussi ne l'ai-je pas renvoyé aux cuisines.

Si, comme elle l'avait prévu, l'actrice s'était

appliquée à ce que le duc absorbât sa drogue, elle n'avait pas pris le temps de boire son propre café...

— Excellente idée ! s'exclama-t-elle. J'espère au moins qu'il sera chaud, cette fois.

Yolanda posa la tasse sur la coiffeuse en invoquant le ciel pour qu'elle trouve le breuvage à son goût.

— Votre déjeuner fut-il agréable ? s'enquit-elle avec une sollicitude feinte.

— Très ! J'ai été longuement complimentée. Les Parisiens s'y entendent pour parler aux femmes !

— C'est bien vrai.

L'actrice prit la tasse et Yolanda retint son souffle.

— Ce soir, je suis invitée à un dîner où je dois briller comme une étoile !

— Vous brillez toujours comme une étoile, mademoiselle, mais si vous devez dîner tôt, vous devriez peut-être vous reposer un peu. La sieste est toujours bénéfique pour le teint.

— Vous avez raison.

Elle avala une gorgée sans cesser de contempler son reflet.

— D'ailleurs, ce soir, j'aurai autre chose à célébrer... chuchota-t-elle pour elle-même.

Yolanda se taisait, préférant ne pas la distraire. Gabrielle Dupré absorba une seconde gorgée, puis une autre. Soudain, elle vida d'un coup le contenu de sa tasse et la reposa.

— Je ne suis pas seulement belle, continua-t-elle. Je suis intelligente aussi, et Bonaparte lui-même devra en convenir.

Yolanda comprit alors pourquoi elle travaillait pour Fouché contre le duc. Elle voulait être reconnue socialement, mériter les louanges de celui qui dirigeait la France et si tout allait bien, être acceptée par Joséphine et compter dans son entourage.

C'était déloyal, mais d'un certain côté, Yolanda la comprenait.

L'actrice se leva et s'approcha du lit. Elle ne put réprimer un long bâillement.

— Hmmm... j'ai sommeil, tout à coup...

Elle s'allongea et plongea immédiatement dans un sommeil profond.

Yolanda lui ôta ses mules et nota qu'elle avait sombré dans une inconscience aussi totale que le duc, un peu plus tôt.

Elle s'en fut le rejoindre et frappa à sa porte.

— Entrez ! répondit-il.

Elle eut la surprise de trouver les deux hommes en compagnie de Peter.

— Mademoiselle dort, annonça-t-elle. Nous avons quatre heures devant nous.

— L'idée venait-elle de vous, Hawkins ? voulut savoir le duc.

Le valet secoua la tête.

— Non, Votre Grâce. C'est madame qui s'est chargée de tout. Je me suis seulement appliqué à vérifier qu'on ne vous droguait pas une deuxième fois.

Le regard du duc s'attarda un instant sur la jeune fille, puis il déclara :

— Dans deux heures, nous devrons nous trouver au bord du fleuve où Bouvais nous attend.

— Un bateau sera prêt à nous accueillir, précisa Peter.

— La seule difficulté, fit le duc en fronçant les sourcils, c'est de quitter la maison sans être vus. A mon avis, les hommes de Fouché surveillent attentivement les allées et venues.

— Je le pense aussi, Votre Grâce, acquiesça Hawkins.

— Nous pourrions passer par le jardin ? suggéra Yolanda.

— Bien sûr, admit le duc. Mais je suis prêt à parier que la grille sera fermée à double tour.

— Écoutez, monsieur le duc, intervint Peter. Je crois savoir qui a la clé. Je pourrais, par exemple, dire à ce valet que je veux m'éclipser discrètement, pendant mon service de cette nuit, pour aller rejoindre une belle.

Il s'interrompit et ajouta avec un sourire.

— Ils me taquinent toujours, en bas, à propos de mes conquêtes. Ils comprendront très bien que je ne veuille pas manquer un rendez-vous.

— Bonne idée ! approuva le duc. Vous êtes sûr que cela marchera ?

Peter opina de la tête.

— Très bien. Nous partirons à six heures. Toutefois, nous ne pourrons emporter aucun bagage. Nous nous ferions immédiatement remarquer.

Tout en parlant, le duc observait Yolanda.

— Une fois que nous serons sortis de la maison, madame Latour et moi feindrons d'aller flâner sous les arbres qui bordent la Seine. Latour et Hawkins, vous nous suivrez à distance, mais à aucun moment nous ne devrons donner l'impression d'être ensemble.

— C'est compris, Votre Grâce, fit Hawkins.

— Dès que nous verrons le bateau, il nous faudra agir vite.

— Je laisserai la clé sur la grille du jardin, glissa Peter. Je prendrai le pistolet que portent tous vos écuyers, ainsi qu'un couteau, plus silencieux et plus expéditif, dans certains cas.

Yolanda eut un geste de frayeur que personne ne sembla remarquer.

Peter quitta la chambre, suivi de Hawkins. Elle se retrouva seule avec le duc.

Elle l'examina avec attention.

— Vous... vous sentez bien ? fit-elle dans un murmure.

— Très bien. Merci...

Il s'interrompit et, durant un long moment, leurs regards se retrouvèrent aimantés, l'un par l'autre. Le cœur de la jeune fille se mit à battre, de plus en plus vite, comme si un danger proche la menaçait. Au prix d'un effort, elle parvint à faire volte-face et s'en fut, laissant le duc seul.

Les voiles qu'on hissait claquaient sous la brise. Des pas résonnaient sur le pont. Des voix criaient des ordres. L'eau clapotait contre les flancs du chaland.

Assise dans une cabine minuscule et étouffante, Yolanda pensait au duc qui lui aussi devait entendre ces bruits-là, au-dessus de sa tête.

Ils avaient descendu la Seine jusqu'au quai du Louvre, dans une petite barque qui s'était enfoncée sous leur poids. L'idée qu'on allait les repérer d'un instant à l'autre l'avait emplie de terreur, tout au long du trajet, mais ils étaient arrivés sans encombre jusqu'au bateau.

Dès le début de leur fuite, elle avait tremblé. Hawkins s'était assuré que la voie était libre, avant que le duc et elle ne descendent par l'escalier de service. Dans le jardin, ils s'étaient faufilés entre les arbres et les buissons jusqu'à la grille. Muni de la clé, Peter avait ouvert et ils s'étaient retrouvés tous les quatre dans la rue, scrutant le moindre recoin dans la crainte d'apercevoir un homme de Fouché.

Yolanda et le duc s'étaient d'abord éloignés, comme un couple en promenade. Les deux autres les avaient suivis à bonne distance.

Préférant ne pas rester à découvert, le duc avait volontairement zigzagué entre les arbres, s'arrêtant parfois pour admirer un parterre de fleurs. Yolanda avait gardé le silence, sachant que si elle s'était réellement promenée avec cet homme, c'eût été un enchantement, comme la veille au soir. Au lieu de cela, la peur ne l'avait pas quittée.

Pourtant, une sorte de sixième sens, que jusque-là elle ignorait posséder, lui disait que rien de fâcheux ne se produirait. Après tout, depuis leur départ, la chance ne leur avait-elle pas souri, à Peter et à elle ? Elle ne put croire qu'elle les abandonnerait au dernier moment et que les hommes de Fouché leur infligeraient l'humiliation d'être reconduits chez eux ou pire, en prison.

Lorsqu'ils parvinrent en vue du bateau, Yolanda ne fut pas étonnée de découvrir un chaland. Son père, qui s'intéressait à la construction des canaux en Angleterre, à l'initiative du second duc de Bridgewater, lui avait souvent parlé de ce type d'embarcation dont les deux extrémités se relevaient en pointe. Elle savait que sur les rivières peu profondes ils avançaient à la perche mais sur des fleuves tels que la Seine, des voiles s'avéraient nécessaires.

Elle s'était demandé avec inquiétude s'il y aurait assez de vent pour leur permettre d'avancer. Par ces chaudes nuits d'été, bien souvent il n'y avait plus le moindre souffle le soir. Mais elle n'eut pas le temps de s'interroger plus longuement. Bouvais avait envoyé l'un de ses hommes à leur rencontre et lorsqu'ils étaient montés à bord, il les avait accueillis lui-même, les emmenant immédiatement dans la cale.

— J'ignorais qu'une dame vous accompagnait, monsieur, dit-il au duc en les faisant pénétrer dans une cabine si petite que ce dernier ne pouvait même pas s'y tenir debout.

— Si vous nous conduisez jusqu'au Havre sans encombre, je triplerai la somme dont nous étions convenus.

Bouvais sembla d'accord, mais une question le préoccupait :

— Je pourrai toujours justifier la présence d'hommes à mon bord, mais une femme ? Comment expliquerai-je la présence d'une femme ?

Yolanda retint sa respiration. Pour un peu, elle aurait proposé de rester à terre, mais c'était prendre le risque que Peter soit obligé de rester lui aussi, et elle ne voulait pas l'exposer à ce danger.

Comme s'il devinait ses pensées, le duc reprit :

— Je suis sûr que vous parviendrez à nous sortir de là sains et saufs. Je saurai vous prouver ma reconnaissance.

— Bon, si un douanier monte à bord, je me débrouillerai avec les deux autres, fit Bouvais en désignant Hawkins et Peter. Mais vous, monsieur, et la jeune dame, vous devrez vous cacher ici.

Tout en parlant, il déblayait des vieux cageots et autres détritus jonchant le sol, découvrant une petite porte dans la paroi de la cabine. Il la fit coulisser et Yolanda aperçut un minuscule réduit tout juste assez grand pour contenir deux personnes, et seulement meublé d'un banc de bois fixé à la cloison.

— Excellente cachette, approuva sèchement le duc. Et il semble qu'elle ait déjà servi.

Bouvais sourit.

— Monsieur, j'ai des cargaisons que la douane aurait bien voulu saisir, mais Dieu merci, cela ne s'est encore jamais produit !

— Eh bien, souhaitons que nous ne soyons pas l'exception qui confirme la règle ! conclut le duc.

Le bateau fit une légère embardée, comme si les voiles venaient de prendre le vent. Bouvais quitta la cabine et ils l'entendirent remonter sur le pont.

Yolanda s'assit sur un siège en bois nu, devant une table fixée au sol. D'étranges objets encombraient la pièce, la plupart jetés pêle-mêle les uns sur les autres : des voiles de rechange, des bonbonnes de vin, des oreillers et des couvertures crasseuses, ainsi que d'étroits matelas tout aussi sales.

Le duc, qui suivait son regard, remarqua :

— Heureusement que nous sommes en été : les hommes dormiront sur le pont. Autrement, ils seraient venus s'installer ici, pour la nuit...

Il n'y avait pas de dégoût dans sa voix, mais plutôt de l'amusement. Yolanda s'aperçut alors que depuis qu'ils avaient quitté la maison, il s'était départi de cet air de lassitude et d'ennui qu'il arborait toujours. Il ne s'exprimait plus d'une voix traînante mais d'un ton vif et autoritaire. Ses yeux brillaient d'un éclat nouveau, comme si le danger qu'ils affrontaient l'excitait...

Les hublots, maculés de poussière à l'intérieur ne permettaient pas d'entrevoir ce qui se passait sur le fleuve, mais il semblait que la nuit fût tombée.

Le duc s'assit à son tour.

— Jusqu'ici, tout va bien, nota-t-il. Je savais que Bouvais était un homme de confiance.

— Vous prévoyiez donc ce qui allait se passer ? s'étonna Yolanda.

— A mon arrivée à Paris, je ne pensais pas connaître de difficultés pour repartir. Mais quand lord Whitworth, notre ambassadeur, m'a dit qu'il ne parvenait pas à obtenir des chevaux pour quitter le pays, je me suis méfié et j'ai préféré trouver d'autres moyens pour rentrer.

— Puisque vous saviez que les choses étaient aussi sérieuses, pourquoi n'êtes-vous pas parti plus tôt ?

Le duc hésita, mais elle eut l'impression qu'il s'efforçait de choisir ses mots, et non qu'il se défiait d'elle.

— Je ne voulais pas vous poser de questions... embarrassantes, s'excusa-t-elle néanmoins.

— Elles ne sont pas embarrassantes. Je préfère simplement me montrer prudent, au cas où nous serions interrogés. Les méthodes de Fouché ne sont pas vraiment... civilisées !

— Nous n'allons pas nous faire prendre ! s'exclama la jeune fille. Nous devons rentrer, notre pays a besoin de nous !

Tout en prononçant ces mots, elle se souvint qu'elle devait une explication au duc. Et elle ne pouvait encore lui dire qui ils étaient, Peter et elle. Ils avaient quitté Paris, mais trop de problèmes demeuraient encore en suspens.

Où allaient-ils se réfugier ? Elle avait bien pensé à l'Irlande, mais comment obtiendraient-ils l'argent nécessaire, sans l'aide du duc ?

Dans ses moments de courage, elle décidait de tout lui raconter, bien qu'elle craignît de lui révéler que son frère avait tué le marquis de Ramsbury. Sans doute se connaissaient-ils. Dès lors, comment le duc réagirait-il à leur égard ?

Ses appréhensions reprenaient aussitôt le dessus et il lui sembla préférable de se taire. Ces interrogations constantes ne cessaient de la hanter, de la torturer.

— Qu'est-ce qui vous préoccupe ? lui demanda le duc, la trouvant à nouveau soucieuse.

Au même moment, un coup retentit au-dessus d'eux. Elle sursauta en levant les yeux vers le plafond, et il lut la peur dans son regard.

— Je comprends que notre situation vous effraie, mais elle n'est pas seule cause de votre inquiétude. Je sais depuis hier soir que vous me cachez quelque chose. Vous n'avez certainement plus de raisons de vous taire, à présent ?

— Je suppose que... non. Mais je... je ne peux encore rien vous dire. C'est trop tôt.

Il sourit.

— Très bien, convint-il. Chaque chose en son temps.

Une légère brise s'était levée. Le bateau se trouvait maintenant au milieu du fleuve ; les voiles suffisamment gonflées, il avançait lentement.

Lorsqu'ils étaient montés à bord, Yolanda avait remarqué que le chaland transportait beaucoup de planches de bois, une cargaison des plus courantes, en somme, qui n'attirerait pas particulièrement l'attention sur eux. D'autant plus que si la guerre menaçait réellement, le bois pouvait être acheminé vers le nord, pour la construction de bateaux en vue de l'invasion de l'Angleterre.

Au fur et à mesure qu'ils s'éloignaient, la joie la gagnait. Avec l'aide d'Hawkins, ils voguaient maintenant vers leur pays, après avoir réussi à arracher le duc des griffes de Fouché et à s'échapper sans incident.

Leur disparition ne serait sans doute pas découverte avant un certain temps. Personne n'oserait déranger Mademoiselle et comme Hawkins s'occupait seul du duc, aucun autre domestique ne s'aviserait de l'importuner, lui non plus. Avec un peu de chance, on ne s'apercevrait de rien avant le lendemain matin. Là, le majordome s'étonnerait sûrement que le duc ne demande pas son petit déjeuner.

A ce moment-là, nous serons loin... se dit-elle, non sans quelques frissons, néanmoins.

Le duc la surprit en lui tendant soudain la main.

— Vous avez peur ? lui demanda-t-il.

— Oh... oui, bien sûr.

Elle mit sa main dans la sienne et il la serra légèrement.

— Dites-moi la vérité, fit-il doucement, faisant naître en elle un étrange désir de lui obéir.

Mais elle n'eut pas le temps de s'interroger, ni d'analyser plus avant ses sentiments. Un bruit de pas qui se rapprochaient la fit tout à coup tressaillir. La porte de la cabine s'ouvrit brusquement.

— Un bateau des douanes vient vers nous, annonça Bouvais. Ce n'est sûrement qu'un contrôle de routine, mais vous devez vous cacher, monsieur.

— Très bien, dit le duc en lâchant la main de Yolanda.

Bouvais dégagea l'accès à la porte secrète et le duc fit signe à la jeune fille de le suivre. Dès qu'ils furent enfermés, l'homme remit en place les objets destinés à masquer l'entrée du réduit. Puis ses pas s'éloignèrent et ils restèrent dans l'obscurité totale.

Yolanda s'efforça de ne pas céder à la panique. Puis le duc l'enveloppa de son bras et elle se réfugia contre lui, cachant son visage au creux de son épaule.

— Tout ira bien, murmura-t-il. Les douaniers n'ont jamais découvert cette cachette. Pourquoi la découvriraient-ils maintenant ?

— C'est vrai mais... j'ai peur.

— Je sais.

— Je prie... je prie désespérément pour que nous parvenions à nous échapper.

— Et vous priez pour moi ?

— Bien sûr. Voyez-vous, je... je ne supporterais pas que les Français vous fassent prisonnier.

Le duc resserra la pression de son bras autour d'elle.

Le bateau des douanes avait dû parvenir à leur hauteur car ils entendirent la voix des deux hommes s'adressant à Bouvais. Ils ne distinguaient pas le sens de leurs paroles, mais l'intonation ne semblait pas agressive. Leur conversation leur parut interminable. Enfin, Bouvais leur cria :

— Au revoir, messieurs ! Au revoir !

Yolanda poussa un long soupir de soulagement et, tout à coup, elle se sentit très faible.

D'un doigt, le duc releva le visage de la jeune fille.

— Ils sont partis, chuchota-t-il. C'est fini...

Et il posa ses lèvres sur les siennes.

Tout d'abord, elle ne réagit pas, tant elle était surprise, mais comme il resserrait son étreinte et que son baiser devenait plus possessif, elle se sentit parcourue d'un long frisson qui l'électrisa tout entière.

Jamais elle n'avait éprouvé de sensation aussi violente, et aussi... merveilleuse. C'était comme si tout à coup, il lui était permis d'exprimer ce qu'elle ressentait tout au fond de son cœur, comme si elle ne faisait plus qu'un avec celui qui l'embrassait avec tant de passion.

Il la tint encore plus étroitement contre lui, et elle se laissa emporter par la douceur de ce baiser.

C'était cela, l'amour, tel qu'elle l'avait toujours imaginé, sans l'avoir jamais rencontré. Ses rêves lui en avaient donné une vague idée, mais jamais aussi intense, aussi belle.

Et elle ne douta pas une seconde qu'elle était tombée vraiment et profondément amoureuse.

Ses sentiments atteignaient une perfection presque sacrée.

Je vous aime! criait son cœur. Au même moment, le duc releva la tête et elle se surprit à prononcer ces mots tout haut. La reprenant dans ses bras, il s'empara à nouveau de sa bouche avec une ardeur nouvelle, avide, presque désespérée. Un peu comme s'il la retrouvait après avoir tremblé de la perdre.

Une éternité de bonheur lui sembla s'être écoulée avant qu'elle ne reposât sa tête au creux de son épaule.

— Je... je vous aime... Comment est-ce arrivé ? balbutia-t-elle.

— Durant toute notre soirée d'hier soir, j'ai attendu ce moment. Mais j'ai eu peur de vous effrayer.

— Je le désirais probablement aussi mais... oui, j'avais peur.

— De moi ?

— Non, de moi-même. Et de ce que j'ai éprouvé quand vous avez effleuré ma main de vos lèvres.

Ému, il l'embrassa à nouveau avec une ardeur égale à la sienne.

Ce fut seulement quand ils entendirent Bouvais s'agiter à côté qu'elle reprit ses esprits. Elle le repoussa doucement et s'efforça de reprendre pied dans la réalité, dont elle venait de s'échapper pour se fondre dans une félicité suprême. Un moment de plénitude totale et parfaite. Aussi parfaite que celle que peut inspirer l'amour divin.

Mais il fallait maintenant descendre du ciel, se souvenir que cet homme n'était autre que le duc d'Ilkeston et qu'elle n'était qu'une petite Anglaise jouant le rôle d'une servante.

En outre, son frère avait été contraint de s'exiler après avoir commis un acte que la loi considérait comme un meurtre.

Une vague de désespoir se souleva en elle et elle regretta de ne pas être morte au moment où elle avait connu l'extraordinaire révélation de l'amour.

La voix rude de Bouvais s'éleva :

— Vous pouvez sortir, monsieur. Je me suis débarrassé d'eux !

7

Durant le reste de la soirée, Yolanda s'inquiéta à l'idée de passer une nuit dans la cabine, avec le duc. Or, après un dîner simple mais acceptable, il monta sur le pont avec l'intention de s'y installer pour dormir. Ce fut Hawkins qui descendit prendre un matelas, une couverture et un oreiller à son intention.

Il régnait dans la cabine une chaleur intenable et la jeune fille regretta presque de ne pas dormir elle aussi à l'air libre. Toutefois, le souvenir des étreintes du duc lui fit vite oublier son inconfort et elle se laissa bercer par une onde de bonheur.

Le lendemain matin, alors qu'elle se sentait intimidée à l'idée de le revoir, une nouvelle imprévue balaya sa réserve. Après avoir lu un journal, le duc annonça brusquement et à la surprise générale qu'il entendait continuer le voyage à cheval.

— Je veux que vous m'achetiez quatre bons chevaux, dit-il à Peter et à Hawkins.

— Pour aller jusqu'au Havre ? s'étonna Peter.

— Nous devons quitter la France le plus vite possible, affirma le duc.

— Mais pourquoi tant de hâte, tout à coup ? insista Peter qui lui parlait soudain comme à un égal.

Se demandant si le duc avait remarqué ce changement d'attitude, Yolanda l'entendit répondre avec naturel :

— Les relations entre la France et l'Angleterre viennent de se durcir. Je lisais à l'instant que l'ambassadeur de France à Londres a été rappelé dans son pays.

— Ce qui signifie que la guerre est inévitable, nota Peter.

— J'en ai peur, et la pire des choses qui pourrait nous arriver, serait d'être pris en France.

— C'est surtout vrai pour vous. Mais nous, en tant que simples citoyens, nous courons moins de risques... quoique nous pourrions avoir des difficultés à trouver un bateau pour rentrer chez nous... dit le jeune homme.

Le duc semblait vraiment perturbé.

— Qu'est-ce qui vous inquiète, monseigneur ? s'enquit Yolanda que le seul fait de parler au duc emplissait de bonheur.

— Notre ambassadeur à Paris m'a prévenu que Napoléon, dans un accès de colère, a décidé d'arrêter tout voyageur anglais circulant en France.

— Dieu du ciel ! s'écria Peter. C'est un acte sans précédent !

— C'est surtout le comportement d'un homme qui se conduit comme s'il n'appartenait pas à un pays civilisé ! s'emporta le duc. J'ai toujours pensé que ce Bonaparte n'était qu'un barbare !

— Mieux vaut partir le plus vite possible, Votre Grâce ! renchérit Hawkins.

— Oui. Allez chercher des chevaux avec Latour, et n'oubliez pas qu'il nous faut une selle de dame.

A l'expression de Peter, Yolanda devina qu'il se réjouissait à l'idée d'acheter des chevaux sans regarder à la dépense, et de continuer le voyage autrement que sur ce bateau.

— Vous nous retrouverez dans environ deux heures, un peu plus en aval, ajouta le duc en jetant un coup d'œil à sa montre.

— Et nous essaierons de ne pas nous perdre ! lança Peter avant de partir.

Hawkins, comme s'il avait reconnu un chef en lui, le suivait soudain avec des allures de petit garçon !

Yolanda redescendit et tua le temps en pensant au duc, qu'elle entendait parler avec Bouvais et ses hommes, sur le pont. Elle avait tant de choses à lui dire et elle désirait tellement revivre l'extase qu'elle avait connue dans ses bras. Il lui suffisait d'effleurer sa main pour provoquer en elle des émotions dévastatrices.

Je l'aime ! Je l'aime ! se répétait-elle.

Un peu plus tard, celui qui occupait ses pensées la rejoignait avec Bouvais. Ils lui apportaient du pain frais, des fromages et un panier de fruits.

— Un de mes hommes est descendu en ville, expliqua Bouvais. Ce n'est pas grand-chose, mais au moins, vous n'aurez pas faim, ce soir.

— Me permettez-vous, monsieur, de vous préparer quelque chose pour le dîner, proposa Yolanda.

— C'est très gentil à vous, madame, acquiesça Bouvais.

Comme elle posait sur le duc un regard interrogateur, celui-ci se contenta de hocher la tête.

— J'espère que nous aurons les chevaux d'ici peu, fit-il, et que nous pourrons partir dès la tombée de la nuit.

— Ce serait plus prudent, monsieur, si vous ne voulez pas être vus.

— Oui, quatre cavaliers surgissant le long de la rivière à la tombée du jour pourraient intriguer, reconnut le duc.

Mais Bouvais pensait visiblement qu'il serait difficile à un homme aussi grand et aussi altier que lui de passer inaperçu.

Yolanda partageait ses craintes, d'autant qu'il leur restait une longue route jusqu'au Havre.

Deux heures plus tard, Peter et Hawkins revenaient, tout excités par leurs dernières acquisitions.

— Nous avons trouvé quatre excellents chevaux ! entonna Peter. Ils nous ont coûté assez cher, mais j'ai cru préférable de ne pas chipoter. Nous ne pouvons risquer d'être retardés par des bêtes qui ne seraient pas à la hauteur.

— C'est parfait, approuva le duc.

— Ils seront prêts à partir de dix-huit heures. Bien sûr, je n'ai pas dit que nous nous trouvions sur un bateau.

— Bon. A quoi ressemblent les commerces, en ville ?

— Ils paraissent plutôt prospères, bien approvisionnés et parfois luxueux, répondit Peter.

— Dans ce cas, je pense que vous devriez acheter une amazone à votre femme.

— Oh, je... je me débrouillerai, intervint-elle.

En réalité, elle savait très bien qu'il lui serait bien difficile de chevaucher longuement sans une tenue adéquate. De chez elle, elle se rendait au village à cheval malgré ses longues jupes, mais même pour ces courtes distances, c'était très malcommode. Et elle ne voulait surtout pas constituer une charge, pour eux, en les obligeant à ralentir l'allure : ce serait les mettre en danger.

Elle était une cavalière émérite, même si depuis la mort de leur père, Peter et elle ne pouvaient plus s'offrir d'aussi bons chevaux que ceux qu'ils montaient dans leur enfance.

Le duc ignora sa remarque.

— Vous auriez dû tout faire en même temps, dit-il à Peter.

Yolanda s'affola subitement à l'idée de dépenser tout leur argent pour des choses aussi peu essentielles que les vêtements. Elle avait remplacé sa coiffe trop élégante par un foulard de soie noué sur ses cheveux : elle pouvait ainsi passer pour une Française ordinaire. Pourquoi compliquer les choses ?

— Je peux me débrouiller toute seule, monseigneur, et rester sur ce bateau.

— J'insiste, madame. D'ailleurs, vous avez certainement besoin d'autres choses, puisque nous sommes partis sans rien.

Ne pouvant se permettre de lui désobéir, Yolanda soupira légèrement tandis qu'il sortait des billets de sa poche et les tendait à Peter.

— Non, je vous en prie... je peux payer moi-même, ne put-elle s'empêcher d'intervenir.

— Ce n'est pas vrai ! s'interposa Peter. Merci, pour votre générosité, monseigneur.

Yolanda se mordit les lèvres pour ne pas exploser, mais quand ils quittèrent le bateau, elle laissa libre cours à son indignation.

— Comment peux-tu accepter que le duc paie mes vêtements !

— Pourquoi engager une dépense pour acheter quelque chose que l'on se propose de nous offrir ?

— Ce n'est pas bien.

— Et de me voir contraint de porter une livrée, tu trouves ça bien ? Madame aurait-elle oublié qu'elle est une servante ?

Il la taquinait, mais elle eut l'impression de recevoir un soufflet.

Bien sûr, elle n'était qu'une servante aux yeux du duc, mais elle l'aimait, et aujourd'hui, il ne lui avait pas accordé un regard. Elle en était profondément chagrinée et ne cessait d'y penser.

Parce que le temps les pressait, Peter et elle entrèrent dans le premier magasin venu : il était grand et très cher.

Ils trouvèrent une amazone d'été très bien coupée, dans un ton bleu nuit qui mettait particulièrement en valeur les yeux de Yolanda. Elle l'essaya. A part une légère retouche à effectuer à la taille, un peu trop large, l'habit lui seyait parfaitement.

— Je la prends, dit-elle à la vendeuse.

— Autre chose vous tenterait-il, madame ?

Yolanda allait répondre non quand son regard s'arrêta sur une robe d'un rose superbe. Elle ne put résister à la tentation de l'essayer et elle succomba.

— Elle semble avoir été faite pour vous, elle vous va à ravir ! s'exclama la vendeuse.

La jeune fille se laissa fléchir, car elle n'avait pas une seule robe de rechange et la traversée de la Manche risquait d'être longue.

Sa conscience la tiraillait un peu mais la robe n'était pas chère et c'était vrai, elle lui allait particulièrement bien. Elle possédait ce chic indéfinissable qu'elle admirait dans les tenues de Gabrielle Dupré.

Je veux que le duc me voie ainsi, pensa-t-elle en s'admirant dans le miroir et non comme il m'a toujours vue jusqu'à maintenant...

— Je l'emporte, dit-elle très vite, de peur de changer d'avis.

Yolanda choisit encore une paire de bottines

lacées, pour compléter l'amazone, et la vendeuse empaqueta le tout.

Les deux jeunes gens se hâtèrent ensuite de regagner le bateau. Il n'avait pas beaucoup avancé, depuis leur départ, et Yolanda suspecta le duc de payer Bouvais pour ce contretemps. Par ailleurs il était indéniable qu'ils ne devaient pas non plus trop s'éloigner de l'écurie où les chevaux les attendaient.

Lorsqu'ils montèrent sur le pont, le duc accueillit Peter par des paroles aimables, mais il ignora de nouveau la jeune fille. Elle se demanda alors s'il ne regrettait pas leurs effusions dans le réduit, ce moment d'ivresse où ils s'étaient abîmés avec délices. Elle avait reçu la révélation de l'amour avec le même émerveillement que procure la révélation divine.

Peut-être aussi l'avait-elle déçu ?... songeait-elle avec désespoir.

Quand elle eut revêtu l'amazone, il ne fit aucun commentaire et elle conclut qu'il avait également cessé de l'admirer.

Ils se restaurèrent rapidement avant le départ. Yolanda avait préparé une superbe omelette, mais le duc ne la complimenta pas davantage. Il s'absorba durant tout le repas à étudier avec Bouvais la meilleure route à suivre, et la plus rapide.

— Nous partirons à la nuit, dit-il. Le jour, nous resterons sous le couvert des arbres.

— Les bois ne manquent pas, monsieur, fit Bouvais. Et la Seine serpente à travers nombre d'entre eux. En restant sur la rive nord, vous serez bien à l'abri, la plupart du temps.

Bouvais se montra très expansif, lors des adieux, leur exprimant ses meilleurs vœux. Le duc avait dû se montrer particulièrement généreux pour le remercier de ses services, c'est du moins ce que pensa la jeune fille.

A l'heure où les habitants des bourgades ou des hameaux environnants rentraient chez eux pour dîner, ils s'éloignèrent à travers les champs déserts, balayés par un vent d'ouest plutôt frais.

Leurs chevaux n'étaient pas vraiment racés mais ils étaient vifs et vigoureux. Le père de Yolanda disait toujours que Peter savait juger d'instinct un cheval, qualité innée que l'on ne pouvait acquérir. Elle n'en doutait pas, et dès qu'elle sentit se mouvoir l'animal qu'il lui avait choisi, elle sut qu'il la mènerait à bon port sans peiner.

Ils se réglèrent sur l'allure du duc qui montait avec élégance, sans se laisser secouer et en gardant un rythme régulier.

A quatre heures du matin, quand l'aube commença à poindre à l'horizon, ils s'arrêtèrent dans un bois épais.

— Nous allons faire halte ici, déclara le duc. Et dormir un peu. Il nous reste les provisions de Bouvais. Tout à l'heure, vous irez au village le plus proche pour nous acheter de quoi tenir jusqu'à demain, Latour.

Yolanda ne s'était pas rendu compte que les sacoches du duc contenaient de la nourriture, et celles de Peter, deux bouteilles de vin !

Ils s'assirent à l'orée du bois, où ils pouvaient voir sans être vus, et laissèrent les chevaux brouter l'herbe tendre. Ils ne s'étaient arrêtés que deux fois, depuis le départ, pour que leurs montures se désaltèrent. La jeune fille découvrit tout à coup qu'elle avait soif, elle aussi.

Le duc n'émit pas le désir de se faire servir avant. Ils mangèrent ensemble. Dans cette situation où ils se retrouvaient égaux devant le danger, les barrières de classes ne signifiaient plus rien.

Ils parlèrent tranquillement de leur voyage et du trajet qu'il leur restait à parcourir, comme si une chaude camaraderie s'était installée entre eux. Ils unissaient leurs efforts dans un but commun : la liberté.

Quand Yolanda eut terminé son repas et bu un verre de vin, Hawkins alla chercher une couverture qu'il étendit pour elle, au pied d'un arbre, non loin de l'endroit où ils étaient assis.

— N'oubliez pas que nous sommes tous là pour vous protéger, si vous avez peur, madame.

Yolanda sourit au petit homme avec reconnaissance.

— Je pense que c'est M. le duc que nous devons protéger, dit-elle.

— C'est vrai, admit-il. Mais Sa Grâce est née sous une bonne étoile. Elle se sort toujours des situations les plus périlleuses et obtient toujours ce qu'elle veut. Je ne l'ai jamais vue échouer.

Une fois seule, Yolanda s'étendit sur la couverture en pensant avec amertume qu'en tout cas il faisait peu attention à elle. Durant toute cette journée, pas une seule fois il ne lui avait adressé directement la parole.

Il aurait au moins pu la gratifier d'un regard ou lui effleurer la main, en écho au bref moment d'intimité qu'ils avaient échangé. Il semblait même avoir oublié la douceur de cette soirée qu'ils avaient passée ensemble à Paris. Pourtant elle l'aimait... Oh oui, elle l'aimait !

La nuit suivante, ils s'arrêtèrent à nouveau après une journée de voyage durant laquelle ils ne parcoururent qu'une petite distance. Obligés de se cacher dans les bois, ils devaient aller reconnaître en éclaireurs les espaces découverts, avant de s'y aventurer.

Durant la nuit, cependant, ils couvrirent une longue distance avant l'aube.

Le lendemain, il faisait moins chaud et ils furent plusieurs fois arrosés par des pluies.

— Nous devrions atteindre Le Havre demain soir, dit le duc. Nous descendrons dans une auberge quelconque, car il fera trop froid pour que nous puissions dormir dehors.

Yolanda eut l'intuition que c'était à elle qu'il pensait. Il voulait peut-être la ménager, par égard pour sa féminité. Mais elle n'en était pas sûre. A vrai dire, elle n'était plus sûre de rien... Une seule chose demeurait claire : dès qu'elle le regardait, un pincement lui serrait le cœur, chaque fois plus fort.

Sans cesse, elle se répétait qu'il ne voulait plus d'elle, qu'il ne la trouvait plus aussi belle qu'il le lui avait murmuré. Qu'avait-elle dit ? Qu'avait-elle fait, pour mériter cela ?

Elle ne parvenait pas à croire qu'un baiser qui l'avait transportée au septième ciel ait pu lui déplaire.

L'auberge était petite et un peu isolée.

— Je n'ai plus qu'une chambre que vous pourriez partager avec madame, dit l'aubergiste au duc. Sinon, il ne me reste que des mansardes simples, moins confortables.

— Ce sera parfait, conclut le duc. Latour, vous occuperez la grande chambre avec votre femme. Hawkins et moi, nous prendrons les mansardes.

— Oh, non ! intervint Yolanda. Monseigneur doit prendre la grande chambre. Peter et moi nous contenterons très bien des autres.

Comme le duc paraissait surpris, Peter s'interposa :

— Yolanda prétend que je ronfle, nous ne dormons jamais ensemble.

— Dans ce cas, madame occupera seule la grande chambre.

Yolanda essaya bien de protester mais elle dut s'incliner : le duc avait repris son ton impérieux et sans réplique. Elle se retrouva donc dans la plus belle chambre sans avoir eu le temps de bien comprendre ce qui lui arrivait.

L'endroit était modeste, le lit peu confortable et l'ameublement plutôt spartiate, mais Yolanda n'y prit pas garde. Elle s'endormit d'un sommeil profond jusqu'à ce que Hawkins vienne frapper à sa porte pour l'informer qu'ils reprenaient la route dans vingt minutes.

Pendant qu'ils avalaient à la hâte un petit déjeuner substantiel, l'aubergiste, qui les considérait avec curiosité depuis un moment, se mit à leur poser des questions. D'où venaient-ils ? Où allaient-ils ?... Il ne semblait cependant pas être poussé par de mauvaises intentions.

Cet après-midi-là ils croisèrent plus de monde sur les chemins. Beaucoup de petits hameaux entouraient les abords du Havre, aussi passèrent-ils facilement inaperçus.

Yolanda fut la première à apercevoir la mer, grande étendue bleue à l'horizon, qui lui arracha une exclamation admirative. Mais plus ils s'en rapprochaient et plus son enthousiasme tiédissait. La fin de leur escapade signifiait aussi la fin de ses relations avec le duc, si toutefois on pouvait parler de relations !

Avec un peu de chance, le yacht les attendrait pour les ramener en Angleterre et ensuite Peter et elles n'auraient plus qu'à disparaître. Elle n'avait d'ailleurs pas eu l'occasion de s'entretenir avec son frère pour savoir où ils iraient et ce qu'ils feraient, une fois chez eux. Une seule chose lui paraissait claire, pour l'instant : quitter le duc lui briserait le cœur, irrémédiablement.

Plus le temps passait et plus elle l'aimait. Chevaucher à ses côtés, même s'il ne lui accordait pas un regard, lui causait un bonheur indicible auquel elle devrait renoncer à tout jamais.

Elle aimait sa façon de porter la tête haute et de se tenir majestueusement en selle.

Tandis qu'elle l'observait, comme il parlait avec Peter et Hawkins, elle songeait que son visage resterait imprimé dans sa mémoire pour toujours et qu'aucun autre ne lui semblerait jamais plus séduisant.

Son cœur lui disait aussi qu'elle n'aimerait jamais plus personne et qu'elle passerait le reste de sa vie dans une solitude totale et désespérée, alors que lui serait à la fois proche et bien lointain... car inaccessible.

La nuit tombait quand ils arrivèrent au Havre. Le duc se taisait, mais Yolanda savait qu'ils allaient prendre des risques en tentant de gagner le yacht. Fouché avait peut-être envoyé des hommes pour les empêcher de fuir à l'étranger...

Craignant de l'importuner, elle préféra garder ses craintes pour elle. Elle ne fut pas surprise quand ils sortirent de la ville pour longer la côte. Ils s'arrêtèrent un peu plus loin et le duc descendit de cheval pour scruter le port, en contrebas.

— Hawkins ! Il est là ! dit-il à voix basse.

Ils suivirent la direction qu'il indiquait et distinguèrent le yacht, ancré à sa place.

— J'y vais, Votre Grâce !

— Fais attention que personne ne te voie. Nous allons encore avancer d'un mile à peu près.

Hawkins acquiesça et tendit la bride de son cheval à Peter, avant de s'éclipser en direction du port.

— Que va-t-il faire ? demanda Peter.

— Il va monter à bord, soit en passant par les autres bateaux, soit à la nage. Il dira au capitaine de lever l'ancre et de nous récupérer un peu plus bas, le long de la côte, expliqua le duc.

— Très bonne idée ! approuva Peter. Et comme la nuit sera bientôt totale, les Français ne remarqueront rien.

— C'est ce que j'espère, dit le duc. Pouvez-vous vous en sortir avec les deux chevaux ?

— Oui, bien sûr.

Yolanda attendait. Comme Peter avait les mains prises, elle pensait que le duc viendrait l'aider à remonter en selle mais, à sa grande surprise, il enfourcha son cheval, la laissant se débrouiller toute seule.

Il les précéda et comme il se fondait peu à peu dans l'obscurité, elle se dit qu'elle venait de le perdre complètement.

— Tu vas lui parler, insista Peter.

— Comment le pourrais-je ? fit Yolanda.

— Dis-lui que nous le rembourserons dès que possible, mais mon Dieu, cent livres, ce n'est rien pour le duc d'Ilkeston !

— Cent... cent livres ! s'indigna-t-elle.

Elle venait de se réveiller quand Peter l'avait rejointe dans sa cabine.

Le confort de ce lit douillet et la douceur des draps lui avaient presque semblé étranges, après ces quatre nuits de voyage passées dans des conditions plutôt rudes. Tout s'était déroulé selon les plans du duc. Ils avaient quitté le sol français sans rencontrer le moindre obstacle.

Après avoir libéré leurs chevaux, ils étaient descendus jusqu'à la plage pour attendre le yacht. Tandis qu'ils le guettaient, Yolanda avait eu envie de glisser sa main dans celle du duc pour se rapprocher de lui. Mais il semblait avoir oublié son existence et parlait avec Peter comme si elle n'avait pas été là. Aussi était-elle restée dans son coin, à regarder les vagues déferlant sur le sable. Et son cœur s'était brisé au rythme de la mer...

Le duc rejoindrait la société sur laquelle il régnait, la maison royale, ses amis à la Chambre des lords et, bien sûr, les femmes, qui, elle n'en avait jamais douté, le trouvaient irrésistiblement séduisant.

Oui, pourquoi se souviendrait-il des baisers qu'ils avaient échangés dans le noir ?

Un canot les avait transportés de la plage au yacht, où le capitaine les avait accueillis avec chaleur. Le luxe environnant avait rappelé avec éloquence à la jeune fille quel style de vie menait le duc. Une vie bien différente de la sienne...

On l'avait conduite à sa cabine et elle avait refusé de dîner, tant elle avait le cœur serré. Elle s'était couchée en sanglotant et Peter venait donc de la tirer d'un sommeil sans rêves.

Il lui avait semblé en pleine forme et elle avait préféré lui cacher son chagrin.

— Heureusement, avait-il commencé, la mer est calme. D'après le capitaine, la traversée s'annonce des plus agréables.

— Tant mieux !

— Ecoute, Yolanda, il faut que tu fasses une chose...

Et il lui avait dit ce qu'il attendait d'elle.

— Laisse un peu tes scrupules de côté ! s'exclamait maintenant son frère. Il nous faut de l'argent pour voyager, surtout si tu veux que l'on aille en Irlande !

— Suppose qu'une fois là-bas nous ne trouvions pas de travail ?

— Je connais bien quelqu'un, sur place, dit vaguement le jeune homme. Mais de toute façon, nous ne voyagerons pas dans les mêmes conditions que pour aller à Paris, et il nous faut de l'argent, Yolanda.

— Pas celui du duc, insista-t-elle avec fermeté.

— Très bien. Je rentrerai à la maison et j'attendrai que l'on vienne m'arrêter. Puisque tu refuses de m'aider, je n'ai pas le choix !

Yolanda retint son souffle. Il l'avait convaincue et il le savait.

— Très bien, abdiqua-t-elle. Mais je ne comprends pas pourquoi tu ne le lui demandes pas toi-même.

Peter eut son sourire espiègle de petit garçon qui obtenait toujours ce qu'il voulait...

— J'ai l'impression que le puissant duc d'Ilkeston trouvera plus difficile de dire non à une femme qu'à un homme !

Yolanda faillit en rire, tant elle trouvait ses propos outrageants, mais Peter était déjà parti.

Après sa toilette, elle n'eut pas envie de remettre ses vêtements de voyage poussiéreux. Elle se souvint alors de sa tenue de rechange, cette si jolie robe rose. Elle l'avait soigneusement pliée et enveloppée dans sa cape, avant de la ranger au fond d'une sacoche. La veille, malgré sa fatigue et son chagrin, elle avait pris le temps de la suspendre dans l'armoire, avant de se coucher.

Elle la contemplait, à présent, et sans plus se demander si oui ou non elle avait eu raison de l'acheter, elle l'enfila. Il lui faudrait du courage pour parler au duc, et elle devait mettre tous les atouts de son côté. Se sentir bien habillée lui donnerait plus d'assurance. Car elle allait devoir accomplir la chose la plus humiliante de sa vie !

Peter avait raison, ils ne pourraient rien faire, avec le peu qu'ils avaient, sinon rentrer chez eux. Son frère serait alors arrêté.

Et puis, après tout, qu'importait ce que pensait le duc ? se dit-elle. Il avait, de toute évidence, l'intention de se débarrasser d'eux, car ils l'encombraient...

Il lui fallut du temps pour se vêtir. De plus, elle savait que la matinée était déjà bien avancée ; elle s'était réveillée tard et avait sans doute manqué le petit déjeuner.

Alors qu'elle se faisait cette réflexion, on frappa à la porte. C'était un steward.

— J'ai entendu que vous étiez levée,

madame, aussi vous ai-je apporté du café. Désirez-vous autre chose ?

— Non, merci. Le café sera parfait.

Il le déposa sur une petite table fixée à la paroi de la cabine et s'apprêtait à se retirer quand Yolanda lui demanda, d'une voix légèrement tremblante :

— S'il vous plaît... Où pourrais-je trouver... Sa Grâce ?

— Sa Grâce est dans ses appartements privés, madame, à l'arrière du bateau.

— Merci.

Peu après, le cœur battant, elle quittait sa cabine, pleine d'appréhension et en même temps impatiente de voir le duc. Comme elle hésitait, face à plusieurs portes, Hawkins sortit d'une cabine, tout au fond du couloir.

— Bonjour, madame ! Avez-vous bien dormi ? dit-il, visiblement ravi de la voir.

— Très bien, merci. J'aimerais avoir un entretien avec Sa Grâce.

— Je vais le prévenir, répondit Hawkins en entrant dans la cabine d'où il venait d'émerger.

Yolanda distingua la voix grave du duc qui répondait à son valet. Elle eut soudain envie de rebrousser chemin mais au moment où elle allait faire volte-face, Hawkins réapparut.

— Vous pouvez entrer, madame.

Il ouvrit la porte en grand et la jeune fille se retrouva dans une cabine qui occupait toute la largeur du yacht.

La pièce était confortable et magnifiquement décorée, comme elle s'y attendait. En plus du vaste bureau, derrière lequel le duc était assis, il y avait un canapé, des fauteuils profonds et une bibliothèque contre la paroi, l'ensemble aménagé dans le style du bateau.

— Bonjour ! dit-il de sa voix sourde.

Elle s'avança vers lui comme pour l'obliger à la regarder.

— Asseyez-vous, je vous en prie, ajouta-t-il en désignant l'un des fauteuils, face à lui.

Elle l'atteignit en chancelant un peu, car le bateau tanguait parfois légèrement. A l'évidence, il ne tenait pas à donner à cette entrevue un caractère personnel, sinon, ils se seraient installés sur le canapé.

— J'espère que vous avez bien dormi ? demanda-t-il.

— Oui... merci.

Un silence suivit.

— Permettez-moi de vous féliciter pour la façon dont vous avez affronté les conditions difficiles de ces derniers jours. C'était un dur voyage pour un homme, et certainement plus encore pour une femme.

Yolanda se taisait. Elle souffrait du ton froid que le duc entendait apparemment donner à leur entretien. Il ne se serait pas exprimé autrement s'il s'était adressé à un domestique. Personne n'aurait pu deviner qu'il lui avait manifesté un intérêt particulier...

— Nous voguons vers Southampton. Je suppose que vous le savez, continuait-il. Peut-être me direz-vous où vous voulez aller, après ?

Saisissant l'occasion qui lui était donnée

d'exposer sa requête, Yolanda commença à parler mais que c'était difficile ! Elle ne trouvait pas ses mots... Serrant les poings convulsivement, elle finit par dire, d'une toute petite voix, en détournant les yeux :

— Avant que... que nous arrivions en Angleterre, je... j'ai quelque chose à vous demander... monseigneur.

— De quoi s'agit-il ?

Elle dut rassembler toutes ses forces pour parvenir à articuler les mots qui suivirent :

— Nous... aurions besoin de... votre aide.

Toujours incapable de le regarder, elle devina cependant qu'il avait haussé les sourcils. Alors, très vite, car autrement elle n'y serait jamais parvenue, elle continua :

— Peter et moi, nous nous demandions si vous... accepteriez de... de nous avancer un peu d'argent. Bien entendu, nous vous le rendrons, cela ne fait aucun doute, même si... cela doit nous prendre un certain temps...

Voilà... Les mots étaient lâchés. Elle se sentait oppressée, comme après un effort trop violent.

— J'ai une dette envers vous, après la façon dont vous m'avez aidé, dit-il lentement.

— Oh, non, non ! Vous ne nous devez rien ! Vous avez été très bon de nous emmener avec vous, jusqu'ici. Mais... si nous pouvions vous emprunter à peine...

Sa voix mourut. Il lui était impossible d'énoncer la somme dont Peter avait parlé.

— Vous ne m'avez toujours pas dit où vous aviez l'intention d'aller.

— Je ne sais pas. Peut-être... en Irlande.

— Pourquoi l'Irlande ?

Comme elle hésitait, le duc enchaîna :

— Il me semble, Yolanda, que vous devriez me révéler maintenant la nature de ce secret que vous teniez tant à garder pour vous. D'après le peu que vous m'avez appris, j'en ai conclu que vous vous cachiez, pour une raison que j'ignore. Ce n'est pas vrai ?

— ... Oui.

Il était trop tard pour faire marche arrière.

— De qui et pourquoi ? questionna-t-il avec dureté.

Yolanda comprit soudain que si elle s'obstinait à se taire il refuserait de leur venir en aide.

— Nous nous cachons, parce que... commença-t-elle d'une voix à peine audible, parce que Peter a... il a tué un homme !

— Tué un homme !

— Lors d'un duel. C'était un accident, mais il sera arrêté, oui, arrêté pour... meurtre !

— S'il a tué quelqu'un en duel alors qu'il n'en avait pas l'intention, je ne vois pas pourquoi on l'accuserait de meurtre. Comme vous devez le savoir, les duels n'ont lieu qu'entre gentlemen : il s'agit d'affaires d'honneur.

Yolanda crut qu'il les méprisait, Peter et elle, pour leur stupidité.

— L'homme que Peter a tué, s'empressa-t-elle de préciser, était quelqu'un de très important. C'est pourquoi il risque de se faire arrêter.

Comme le duc semblait sceptique, elle ajouta :

— Je vous jure que Peter voulait simplement le blesser au bras, mais comme l'homme était ivre, il a chancelé au dernier moment, et la balle l'a atteint en pleine poitrine.

— Qui était cet homme si important ?

Yolanda allait lui répondre quand la panique s'empara d'elle.

— Si je vous le dis... me promettez-vous de n'informer personne du retour de Peter en Angleterre ?

— Me croyez-vous réellement capable de faire une chose pareille ? s'exclama le duc, furieux.

— Excusez-moi, mais... ce fut une telle horreur depuis ce duel que... Et puis nous nous sommes fait voler notre argent, sur le bateau qui nous menait en France. Peter souffrait du mal de mer, ils en ont profité et...

Des larmes tremblaient dans sa voix et dans ses yeux.

— Qui a-t-il tué ? insista le duc.

— Le... marquis de... Ramsbury !

Au moment même où Yolanda balbutiait ce nom, elle se demanda si elle ne venait pas de commettre une folie.

Car si, comme elle le craignait, le marquis comptait parmi les amis du duc, il estimerait de son devoir de conduire Peter devant les autorités.

— Le marquis de Ramsbury... répéta le duc.

— Oui.

— Etes-vous sûre qu'il s'agit bien de lui ?

— Oui ! Son témoin, lord Basil Blake, a même dit qu'il ferait pendre Peter pour meurtre !

— Rien ne justifiait une telle menace, pourtant. Parce que, quoi qu'il en soit, le marquis n'est pas mort !

Un silence accueillit cette révélation. Yolanda crut avoir mal entendu.

— Pas... mort ? répéta-t-elle sans même s'en rendre compte.

Le duc secoua la tête.

— Il y a une semaine, j'ai dîné avec l'ambassadeur. Il m'a dit que son ami Ramsbury avait été grièvement blessé lors d'un accident de chasse, mais que par miracle il s'en était sorti et se remettait lentement.

— Je... je ne peux pas le croire !

— C'est pourtant la vérité.

Yolanda ferma les yeux. Un vertige soudain l'étourdissait. Ainsi, toutes ses souffrances, son angoisse de voir Peter menacé, toutes ses mésaventures, ses difficultés pour atteindre Paris, trouver de l'argent, puis pour s'échapper... tout cela avait été inutile !

La voix du duc lui parvint de loin, de très très loin.

— Je crois que vous venez de recevoir un choc...

Il se leva et ouvrit une armoire dans laquelle étaient rangés avec minutie des boissons et des verres, de façon qu'en cas de roulis rien ne fût cassé.

— Buvez cela ! ordonna-t-il à la jeune fille, en lui tendant un verre.

— Oh, je... je vais très bien...

Comme il ne reculait pas d'un pouce, Yolanda finit par prendre le verre. Ses doigts effleurèrent alors ceux du duc et, à nouveau, elle se sentit parcourue d'une onde de bonheur. Elle reprit immédiatement ses esprits mais avala néanmoins deux petites gorgées d'alcool, pour faire plaisir au duc.

— Alors... maintenant... nous pouvons rentrer chez nous, balbutia-t-elle.

— Où est-ce ?

— Près de Canterbury, répondit-elle. Nous sommes très pauvres... notre maison est vieille et commence à tomber en ruine, mais au moins, elle nous appartient.

— Je suis heureux, en tout cas, de vous avoir transmis cette bonne nouvelle, dit gravement le duc.

— Oh oui, une nouvelle... merveilleuse ! Peter pourra regagner Londres, retrouver ses amis et la vie qu'il aimait tant.

— Pourquoi s'est-il battu avec Ramsbury ?

— Je ne sais pas exactement. Je suppose que c'est à propos d'une femme.

— D'une femme !

Yolanda sourit.

— Peter est très sensible aux jolies femmes. Il a toujours eu beaucoup de succès.

— Et cela vous est égal !

— Je suis heureuse de rester à la maison, même si... parfois je me sens un peu seule, maintenant que papa et maman ne sont plus là.

— J'ignore toujours votre vrai nom.

— Tiverton. J'imagine que vous n'avez jamais entendu parler de nous, mais papa était le cinquième baronnet et Peter est maintenant le sixième.

Elle sentit le duc se raidir.

— Je ne comprends pas, dit-il après un temps. Comment Peter peut-il être le sixième baronnet alors que seul un fils peut hériter de cette dignité ?

Yolanda se mit à rire.

— J'ai oublié de vous dire que... Peter est mon frère ! Nous avons prétendu être mariés.

— Votre frère ! explosa le duc d'une voix qui sembla ébranler la cabine. Votre frère !

Il parlait si fort tout à coup qu'elle écarquilla les yeux.

Et soudain, sans savoir comment, elle se retrouva dans ses bras.

— Votre frère !... Et moi qui mourais à petit feu de vous savoir mariée ! J'ai souffert comme un damné ! Oh, ma chérie, vous ne savez pas par quelles affres je suis passé, quel supplice j'ai enduré de ne pouvoir vous parler librement, vous embrasser !

En même temps, il s'était emparé de ses lèvres et l'embrassait avec une passion, une fougue trop longtemps contenue.

Il la serrait contre lui, encore et encore, enfouissant son visage dans ses cheveux, s'enivrant de leur parfum, puis reprenait ses lèvres à s'en étourdir. Yolanda ne savait plus où elle était. Elle avait seulement l'impression que les portes du paradis s'ouvraient à nouveau devant elle.

Le bateau tangua et le duc perdit légèrement l'équilibre. Sans interrompre leur baiser, il l'entraîna jusqu'au canapé et s'y laissa tomber avec Yolanda. Elle posa sa tête contre son épaule.

— Je vous aime ! Mon Dieu, que je vous aime... C'est la première fois de ma vie que je me fais violence ainsi car je vous croyais mariée !

Il prit sa bouche, lui insufflant toute sa chaleur, tout le feu qui brûlait en lui.

Quand enfin Yolanda put glisser un mot, elle dit :

— Et moi qui pensais vous avoir déçu... quand vous m'avez embrassée... Durant tout notre voyage jusqu'au Havre, vous ne m'avez pas adressé un seul regard et...

— Déçu ? s'exclama le duc, incrédule. Mais ce baiser était le plus beau, le plus parfait que j'aie jamais goûté !

Il baissa la tête vers elle et plongea son regard dans le sien.

— Une seule chose me préoccupait : j'avais beau me répéter que c'était absurde, j'avais l'impression que personne avant moi ne vous avait jamais embrassée.

— Personne... en effet... hormis vous, avoua-t-elle dans un souffle.

— Oh, mon amour ! Pourquoi diable n'ai-je pas écouté mon instinct ? Je me serais épargné bien des souffrances. Je ne pouvais supporter l'idée de vous laisser sortir de ma vie sans espoir de jamais vous revoir.

— Vraiment ?

— J'essayais, parce que je n'avais pas le choix et que je ne voulais pas corrompre un être aussi parfait que vous.

— Vous me dites des choses tellement... merveilleuses.

Le duc se perdit dans l'infini de ses yeux immenses et il pensa que sa beauté, que son éclat étaient uniques. L'amour imprégnait son beau regard bleu nuit de nuances tendres et mystérieuses. Les baisers avaient ravivé la teinte de ses lèvres et rosi ses joues.

— Comment ai-je eu la chance de vous rencontrer ? Moi qui pensais que toutes les femmes étaient les mêmes, des êtres intéressés, uniquement préoccupés de leur plaisir...

— C'est pourquoi vous étiez si... désabusé et cynique ?

— En partie, oui. Mais c'est fini, ma chérie. Maintenant que je vous ai trouvée, je ne suis pas près de vous laisser partir !

Il effleura ses joues de ses lèvres avant d'ajouter :

— Allez-vous bientôt m'épouser ?

— Vous... vous épouser ?

— Je vous veux, et c'est la première fois de ma vie qu'une telle chose m'arrive.

Yolanda le contemplait, éblouie.

— Je savais, depuis le premier instant, que

vous étiez différente de toutes celles que j'avais rencontrées jusqu'ici, continua le duc.

— En quoi ?

— C'est difficile à expliquer... Il se dégageait de vous comme une... aura de pureté.

Yolanda en resta sans voix.

— Lorsque nous sommes sortis nous promener, le premier soir, j'ai compris d'où venait la différence.

— Ah ?... Et d'où venait-elle ?

— Vous étiez à moi. Vous étiez la femme que j'avais entrevue dans mes rêves, depuis toujours.

— Je... je n'arrive pas à le croire.

— Je vais m'en charger, mon adorée.

— Mais... vous êtes un homme tellement... important. Vous devriez vous marier avec quelqu'un... de votre rang.

Il lui sourit, avec une extrême douceur qui ne laissait plus aucune place au cynisme.

— Je suis très impressionné par la fille du cinquième baronnet, mais bien davantage encore par ses grands yeux, son tout petit nez et ses lèvres qui ne semblent avoir été dessinées que pour attendre mes baisers.

Lentement, il avait rapproché son visage du sien, et de nouveau il l'embrassa. Elle était sienne, tout entière.

— Je vous aime, Yolanda. J'ai tellement de choses à vous montrer, quand nous serons en Angleterre. Tellement à vous donner, ma chérie. Mais avant cela, je dois d'abord vous prendre quelque chose.

Comme la jeune fille posait sur lui un regard interrogateur, il lui saisit la main et retira l'alliance qu'elle portait.

— Je ne vous dirai pas combien la vision de cet anneau a hanté mes nuits, des nuits où je ne trouvais pas le sommeil, tant je pensais à vous. Je ne comprenais pas comment la providence avait pu vous mettre sur mon chemin alors que Peter se dressait entre nous, me rappelant sans cesse que vous étiez mariée.

Il mit l'alliance dans la poche de sa veste et embrassa ses doigts nus.

— Vous ne porterez pas d'autres bagues que celles que je vous donnerai, dit-il. De plus, ma chérie, je vous offrirai tous les joyaux du monde. Rien ne sera assez beau pour vous.

Il lui baisa la paume de la main.

— Je crois que les saphirs s'accorderont merveilleusement avec vos yeux, couleur de ciel nocturne. Les diamants brilleront sur vous comme les étoiles que je comptais dans votre regard, le soir de notre promenade à Paris.

— Vous me dites des choses merveilleuses. J'ai l'impression de rêver...

— Je suis un homme amoureux, Yolanda. Je ne vois pas comment vous exprimer mes sentiments sans faire allusion à la beauté.

— Je vous aime ! Je vous aime ! s'exclama-t-elle.

— Je voudrais que vous me le répétiez sans jamais vous arrêter, afin d'en être bien sûr.

— Je ne savais pas que l'amour pouvait être aussi... parfait. Quand vous m'avez embrassée, la première fois, j'ai cru que vous me faisiez entrer au paradis et j'aurais pu... mourir.

— Il n'en est pas question ! s'insurgea-t-il. Vous devez vivre et m'aimer, car sans vous je redeviendrais l'homme désabusé que j'étais avant de vous connaître.

— Promettez-moi de ne jamais l'être, avec moi.

— Cela ne risque pas d'arriver, rassurez-vous ! Désormais, nous ne pourrons vivre l'un sans l'autre. Nous nous appartenons, pour toujours.

Yolanda laissa échapper un soupir de bonheur.

Depuis cette nuit à Paris, elle savait que lui seul lui apporterait une telle félicité.

Maintenant qu'elle regardait en arrière, son aventure lui paraissait merveilleuse et palpitante. Un jour, peut-être, la raconteraient-ils à leurs enfants, et à leurs petits-enfants...

Mais tout ce qui importait, pour l'instant, c'était de se trouver dans les bras du duc, en toute sécurité. Finies la peur, l'angoisse et les incertitudes.

Elle sentit ses lèvres sur les siennes et se laissa emporter par la magie de ses baisers. Elle avait trouvé son port d'attache, pour toujours...

Romans sentimentaux

La littérature sentimentale a pour auteur vedette chez J'ai lu la célèbre romancière anglaise Barbara Cartland, qui a écrit plus de 500 romans. À ses côtés, Anne et Serge Golon avec la série des Angélique, Juliette Benzoni et des écrivains anglo-saxons qui savent évoquer toute la force des sentiments (Janet Dailey, Theresa Charles, Victoria Holt...).

BEARN *Myriam et Gaston de*	*L'or de Brice Bartrès* 2514/4*
BENZONI *Juliette*	*Marianne, une étoile pour Napoléon* 2743/7*
	Marianne et l'inconnu de Toscane 2744/5*
	Marianne, Jason des quatre mers 2745/5*
	Toi, Marianne 2746/5*
	Marianne, les lauriers en flammes 2747/8*
BRISKIN *Jacqueline*	*Les vies mêlées* 2714/6*
	Le cœur à nu 2813/6*
	Paloverde 2831/8*
BUSBEE *Shirlee*	*La rose d'Espagne* 2732/4*
	Le Lys et la Rose 2830/4*
	Le quiproquo de minuit 2930/5*
CARTLAND	Voir encadré ci-contre
CASATI MODIGNANI *Sveva*	*Désespérement, Julia* 2871/4*
CHARLES *Theresa*	*Le chirurgien de Saint-Chad* 873/3*
	Inez, infirmière de Saint-Chad 874/3*
	Un amour à Saint-Chad 945/3*
	Crise à Saint-Chad 994/2*
	Lune de miel à Saint-Chad 1112/2*
	Les rebelles de Saint-Chad 1495/3*
	Pour un seul week-end 1080/3*
	Les mal-aimés de Fercombe 1146/3*
	Lake, qui es-tu ? 1168/4*
	Le château de la haine 1190/2*
COOKSON *Catherine*	*L'orpheline* 1886/5*
	La fille sans nom 1992/4*
	L'homme qui pleurait 2048/4*
	Le mariage de Tilly 2219/4*
	Le destin de Tilly Trotter 2273/3*
	Le long corridor 2334/3*
	La passion de Christine Winter 2403/3*
	L'éveil à l'amour 2587/4*
	15e Rue 2846/3*
	La maison des flammes 2997/5*
DAILEY *Janet*	La saga des Calder :
	-La dynastie Calder 1659/4*
	-Le ranch Calder 2029/4*
	-Prisonniers du bonheur 2101/4*
	-Le dernier des Calder 2161/4*
	Le cavalier de l'aurore 1701/4*
	La Texane 1777/4*
	Le mal-aimé 1900/4*
	Les ailes d'argent 2258/5*
	Pour l'honneur de Hannah Wade 2366/3*
	Le triomphe de l'amour 2430/5*
	Les grandes solitudes 2566/6*

CARTLAND Barbara (Sélection)

Les seigneurs de la côte 920/2*
Le secret de Sylvina 1032/2*
La fille de Séréna 1109/4*
Le valet de cœur 1166/3*
Seras-tu lady Gardénia ? 1177/3*
Printemps à Rome 1203/2*
L'épouse apprivoisée 1214/2*
Le cavalier masqué 1238/2*
Le baiser du diable 1250/3*
La prison d'amour 1296/2*
Le maître de Singapour 1309/2*
L'air de Copenhague 1335/3*
L'amour joue et gagne 1360/2*
Une couronne pour un roi 1372/3*
Vanessa retrouvée 1385/2*
Rencontre à Lahore 1401/2*
L'amour démasqué 1414/2*
Un baiser pour le roi 1426/2*
Lune de miel au Rajasthan 1440/2*
Fortuna et son démon 1454/2*
Un diadème pour Tara 1482/2*
Aventure au bord du Nil 1498/2*
L'étoile filante 1521/2*
La fugue de Célina 1537/2*
L'ingénue criminelle 1553/2*
La princesse orgueilleuse 1570/2*
Rhapsodie d'amour 1582/2*
Sous la lune de Ceylan 1594/2*
Duchesse d'un jour 1609/2*
L'enchanteresse 1627/2*
La tigresse et le roi 1642/2*
Un cri d'amour 1657/2*
Le Lys de Brighton 1672/2*
Le marquis et la gouvernante 1682/2*
Un duc à vendre 1683/2*
Piège pour un marquis 1699/2*
Le Talisman de jade 1713/2*
Le fantôme amoureux 1731/2*
Où vas-tu Melinda ? 1732/2*
Le prince russe 2589/2*
Une douce tentation 2627/2*
Le secret de la mosquée 2638/2*
Le piège de l'amour 2664/2*
Tempête amoureuse 2665/2*
Les yeux de l'amour 2688/2*
L'amour sans trêve 2689/2*
Lilas blanc 2701/2*
La malédiction de la sorcière 2702/2*
Les saphirs du Siam 2715/2*
Un mariage en Ecosse 2716/2*
Le jugement de l'amour 2733/2*
Mon cœur est en Ecosse 2734/2*
Les amants de Lisbonne 2756/2*
Passions victorieuses 2757/2*
Pour une princesse 2776/2*
Dangereuse passion 2777/2*
Un rêve espagnol 2795/2*
L'amour victorieux 2796/2*
Douce vengeance 2811/2*
Juste un rêve 2812/2*
L'amour victorieux 2796/2*
Amour, argent et fantaisie 2832/2*
L'explosion de l'amour 2833/2*
Le temple de l'amour 2847/2*
La princesse des Balkans 2856/2*
Douce enchanteresse 2857/2*
L'amour est un jeu 2872/2*
Le château des effrois 2873/2*
Un baiser de soie 2889/2*
Aime-moi pour toujours 2890/4*
La course à l'amour 2903/3*
Un mal caché 2904/2*
Danger sur le Nil 2916/3*
Une femme trop fière 2917/3*
Le duc infernal 2948/4*
Une folle lune de miel 2949/2* (Mai 91)
Le parfum des dieux 2960/2*
Un ange passe 2972/2*
L'amour est invincible 2973/2*
Le drame de Gilda 3001/2*
La fuite en France 3002/2*
Le voleur d'amour 3017/3* (Mai 91)
Musique miraculeuse 3033/2* (Juin 91)
Rêverie nocturne 3034/2* (Juin 91)

GOLON Anne et Serge

Angélique, marquise des Anges 2488/7*
Angélique. le chemin de Versailles 2489/7*
Angélique et le Roy 2490/7*
Indomptable Angélique 2491/7*
Angélique se révolte 2492/7*
Angélique et son amour 2493/7*
Angélique et le Nouveau Monde 2494/7*
La tentation d'Angélique 2495/7*
Angélique et la Démone 2496/7*
Le complot des ombres 2497/5*
Angélique à Québec 2498/5*
Angélique à Québec 2499/5*
Angélique La route de l'espoir 2500/7*
La victoire d'Angélique 2501/7*

3002

Impression Brodard et Taupin
à La Flèche (Sarthe) le 22 mars 1991
6715D-5 Dépôt légal mars 1991
ISBN 2-277-23002-2
Imprimé en France
Éditions J'ai lu
27, rue Cassette, 75006 Paris
diffusion France et étranger : Flammarion